サメのイェニー

リーサ・ルンドマルク 作
シャルロッテ・ラメル 絵
よこのなな 訳

岩波書店

HAJ-JENNY

by Lisa Lundmark

First published 2017 by Natur & Kultur, Stockholm.
This Japanese edition published 2025
by Iwanami Shoten, Publishers, Tokyo
by arrangement with Natur & Kultur, Stockholm
through Koja Agency.

The cost of this translation was supported by subsidy from the Swedish Arts Council,
gratefully acknowledged.

サメのイェニー

1

わたしの名前《なまえ》はイェニー。わたしは小学二年生で、クラスでいちばんおとなしい。毎日《まいにち》、わたしたちの先生は教室《きょうしつ》のいちばん前《まえ》に立って話《はなし》をしている。いまみんなで勉強《べんきょう》しているのは、海《うみ》のこと。

教室《きょうしつ》のいちばん後《うし》ろには、大きな本だながあるんだよ。でも、じゅぎょうちゅうに本だなのそばにいるのはダメなんだ。ずっとそこにいたいのに。すっごくたくさんの本を、わたしは読《よ》んでるんだよ。本だなには海《うみ》についての本があるんだけど、いちばんすてきなのは、サメの本。サメは、ひとりで泳《およ》ぎまわるのがだいすきで、だれもサメとはぜったいケンカしない。

「人間《にんげん》と魚《さかな》では、こきゅうのしかたがちがうんだよ」と先生が話《はな》している。「水の中で息《いき》ができるようになるには、なにが必要《ひつよう》かな？」

ひらひらと、教室《きょうしつ》じゅうで手があがる。

「魚《さかな》の心《しん》ぞう」とエルカン。

「シュノーケル！」ミッラがさけぶ。

ちがうよ。魚《さかな》は、えらで息《いき》をするんだよ。本で読《よ》んだから、わたしは知《し》ってる。えらっていうのは、のどにあるあなで、魚《さかな》はそこに水を通《とお》してこきゅうする。でも、わたしはなにも言《い》わない。手をあげたくないんだ。だから、手はあげない。それなのに、先生はわたしのことを見ているんだ。

「イェニー、魚《さかな》がなにをつかって息《いき》をするのか、わかるかい？」
わたしはうつむいて、ノートを見つめる。文章《ぶんしょう》の横《よこ》に、魚《さかな》の絵《え》をいっぱいかいたんだ。きれいな色《いろ》の小さな魚《さかな》。それからヒトデ。それに、大きな大きなサメたち。
先生はまだ待《ま》っている。わたしが答《こた》えるのを。いまはもう、クラス全員《ぜんいん》がこっちをじいっと見ている。ノートにかいた魚《さかな》たちが、わたしのかわりに答《こた》えてくれるといいのに。どうやって息《いき》をするのか、ちゃんとわかってるんだからね。でも、魚《さかな》たちはだまったままだ。わたしは、小さな魚《さかな》たちをペンで強《つよ》くなぞる。

「えら」わたしはそう答《こた》える。

「え、なんて言《い》ったのかな？　聞《き》こえないよ」と先生は言《い》う。

「え？　え？　え？」クラス全員《ぜんいん》が声《こえ》をあげる。

しゃべりたくないんだけど、しゃべらなくちゃいけないみたいだ。だから、わたしは魚《さかな》のえらのことを話《はな》そうとする。そしたら、みんなはこんなふうにさけびだすんだ。「**大きな声《こえ》で**」わたしが言《い》うことなんて、だれも聞《き》いてない。「**大きな声《こえ》で**」ってさけんでるからね。クラス全員《ぜんいん》がさけんでる。「**大きな声《こえ》で**」

わたしの声《こえ》は小さくなっていく。どんどんどんどん小さくなって、とうとうわたしは頭《あたま》をふって、またうつむく。そして、ノートを見る。先生はためいきをついて、べつの子にたずねる。先生は、わたしにずっと注意《ちゅうい》してくるんだ。声《こえ》が小さい、小さすぎるよ、って。でも、とりあえず自分《じぶん》では、すっごく大きな声《こえ》で話《はな》してるように聞《き》こえるよ。それに、自分《じぶん》が考《かんが》えてることも、すっごく大きな声《こえ》で聞《き》こえるし。わたしは大きな声《こえ》で考《かんが》える。考《かんが》えてるいろんなことで、耳がいたくなりそうなんだ。

よく考《かんが》えるんだ、本のことを。ぜんぶの本のこと。教室《きょうしつ》のと、それよりもっとたくさんある図書館《としょかん》のと。わたしとアミーナは、ときどきふたりだけで、自転車《じてんしゃ》に乗《の》って図書館《としょかん》へいくんだよ。ママのことを考《かんが》える。ママはずうっと仕事《しごと》をしてる。先生のことを考《かんが》える。先生はやさしい目をしてるのに、わたしをかなしくさせることもある。それから、おじいちゃんのことも考《かんが》える。わたしに読《よ》むことを教《おし》えてくれたんだよ。おじいちゃんのうちには、ジュースとおかしとおばあちゃんの写真《しゃしん》が、いつもキッチンのテーブルの上においてあるんだ。きれいな貝がらのついた、わたしだけのひみつの宝箱《たからばこ》のことを考《かんが》える。サメのことを考《かんが》える。海《うみ》の中をひとりぼっちで泳《およ》いでいるサメ。わたしはすっごく大きな声《こえ》で考《かんが》える。


先生は、「**大きな声《こえ》で！**」って、いつも言《い》う。

ママは、「はずかしがらないで！」って、いつも言《い》う。

おじいちゃんは、いつもこう。「気にしなくていい。おとなしくてかわいらしい女の子は、すてきだよ」って。

でもね、わたしは、もっともっとおとなしくて、もっともっとおこっているんだ。サメみたいに。

先生は思《おも》っている。子どもはみんな、大きな声《こえ》ではっきりと話《はな》すようになってほしい、って。子どもはみんな、手をあげるようになってほしい、って。いちばんいいのは、みんなが八本のうでをいっぺんにあげるタコでいてくれることだなあ、って。サメもいるんだってことを、先生はわかっていないんだよ。

サメはおとなしい。なんにも話《はな》さない。泳《およ》ぎまわって、自分《じぶん》がしたいことをする。だれもサメとはケンカをしないし、だれも

サメには、「**大きな声《こえ》で**」なんて言《い》おうとしない。サメには手がないから、わたしが手をあげられなくてもいいんだ。それで、休み時間《じかん》にひとりで本を読《よ》みたいときに、先生が「イェニー、つらいことでもあった?」ってきいてきたら、ただこう答《こた》えればいいだけなんだ。「サメは、ひとりで泳《およ》いでいるのが、だいすきなんです」って。

わたしはサメなんだ。

2

学校からは毎日《まいにち》、ひとりで自転車《じてんしゃ》に乗《の》って帰《かえ》る。そんなことをしているのは、クラスでわたしだけ。ほとんどの子は、むかえに来《き》てもらう。駐車場《ちゅうしゃじょう》にとまっているぜんぶの車のそばを、自転車《じてんしゃ》で通《とお》りすぎていく。雨がふってるけど、へいきだよ。サメは水がだいすきだから。もうズボンが少《すこ》し、ぬれてしまったけど。わたしのあしはサメのひれだ、ってことにする。ひれがあれば、雨ふりの水の中でも、すいすい泳《およ》いでいける。自転車用《じてんしゃよう》の道路《どうろ》をね。今日《きょう》の放課後《ほうかご》はうちに帰《かえ》らない。アミーナのところへいくことになってるから。でも、それはうちに帰《かえ》るのとほとんど同《おな》じなんだ。わたしたちは同《おな》じ建物《たてもの》にすんでるからね。

ママが仕事《しごと》でおそくなるとき、わたしはいつもアミーナの家《いえ》にいる。これはママとアミーナのお父《とう》さんが決《き》めたこと。ふたりは友《とも》だちで、同《おな》じ病院《びょういん》ではたらいているんだ。アミーナはわたしの友《とも》だちだよ。先生は、わたしに友《とも》だちがいるとは思《おも》っていない。休み時間《じかん》には遊《あそ》ぶよりも本を読《よ》むほうがすきだから、ってだけでね。

わたしとアミーナが遊《あそ》ぶときはいつも、絵《え》をかいたり、本を読《よ》んだり、自転車《じてんしゃ》に乗《の》ったりする。広場《ひろば》の近《ちか》くにあるおじいちゃんの家《いえ》まで、自転車《じてんしゃ》でいくこともある。

アミーナがひっこしてきたのはわりとさいきんで、学校は、いまも町の反対《はんたい》がわにある前《まえ》のところに通《かよ》ってるんだ。毎朝《まいあさ》、お父《とう》さんに送《おく》ってもらってるよ。車のまどごしに出会《であ》うと、ふたりで手をふりあう。

団地《だんち》まで帰《かえ》ってくると、自転車《じてんしゃ》をとめて、階段《かいだん》をかけあがる。いちばん下の階《かい》にある、わたしとママのドアの前《まえ》を通《とお》りすぎながら。アミーナがすんでいるのは四階《かい》だ。

わたしがいくと、アミーナはすぐに自分《じぶん》のスケッチブックを出してくる。アミーナのさいこうなところのひとつ、それは絵《え》をかくのがだいすきなところ。絵《え》をかくのと、本を読《よ》むのは、すごくよくあうんだ。絵《え》をかくときは、みんなだまって、じっとしている。本を読《よ》んでるときも、みんなだまって、じっとしている。ふたりでなら、いつまでだって、読《よ》めるし、かける。何時間《なんじかん》でも。アミーナかわたし、どっちかがうちに帰《かえ》らなくちゃいけなくなるまで。アミーナのほかの友《とも》だちは、アミーナがずっと絵《え》をかいてると、つまんないって思《おも》ってるみたい。いつも「なんかちがうことして、あそぼうよ！」って大声《おおごえ》でさけんでる。そうなると、アミーナはいつもちがう遊《あそ》びをする。ほんとはしたくないのに。アミーナがつまんないやつだなんて、わたしは思《おも》わない。わたしたちはすっごくおもしろい、って思《おも》ってるよ。

わたしとアミーナは、本だなの前《まえ》でゆかにねそべる。本だなには、ほとんどぜんぶのことについての、いろんな言葉《ことば》で書《か》かれた本がある。まるで、アミーナのお父《とう》さんとお母《かあ》さんは、自分《じぶん》たちだけの図書館《としょかん》を持《も》ってるみたいなんだ。ふたりでだまって絵《え》

をかく。アミーナは、ちょうちょと鳥《とり》をかいている。わたしは、サメと紙《かみ》いっぱいの海《うみ》をかく。

ときどきはしゃべる。どっちかが使《つか》ってる色《いろ》ペンが使《つか》いたい、というようなときにね。わたしがいちばん使《つか》うのは、青っぽいペン。

何時間《なんじかん》かすると、わたしは家《いえ》に帰《かえ》りたくなる。ひとりになりたくなるんだ。だれだって、ときどきはそう思《おも》うよね。サメはとくにそうなんだ。バイバイって言《い》っても、アミーナはほとんど聞《き》いてない。だまったまま絵《え》をじっと見て、ていねいにかいている。アミーナは、大きくなったら絵《え》をかく仕事《しごと》をするつもりなんだよ。

「わかった、じゃあね」アミーナがやっと答《こた》えた。「ひこうきもいくつか、かこうと思《おも》って」

それで、アミーナはまたうつむいて、絵《え》を見るんだ。

階段《かいだん》のところまで出ると、体《からだ》の中と頭《あたま》の中がほっとする。しばらくそのまま、じっとしている。ごはんのにおいがする。どこかの部屋《へや》では、赤ちゃんが大きな声《こえ》でわめいている。わたしは、家《いえ》に帰《かえ》るために階段《かいだん》をおりる。

ママは、ほとんどずっとはたらいている。一日じゅう、病気《びょうき》の人を病院《びょういん》のベッドから車いすにのせたり、おろしたりしている。ママはすごく力持《ちからも》ちなんだ。それに、クラクラせずに注射《ちゅうしゃ》もできる。そんなことができる人、ママのほかには知《し》らないよ。ママが世界《せかい》でいちばんすきなのは、わたしと、ミステリードラマと、五人の親友《しんゆう》たちだ。ママは、親友《しんゆう》たちと週《しゅう》に何回《なんかい》も電話《でんわ》でしゃべっている。すっごく長《なが》く。わらってるときもあるし、いつもみたいにおだやかにしゃべってるときもある。ときどきおこっていて、一度《いちど》は電話《でんわ》なのにないていた。

家《いえ》に入ると、ママはソファにすわっていた。テレビでは新《あたら》しいミステリードラマをやっている。

「おかえり!」ママは大きな声《こえ》でそう言《い》って、テレビを消《け》す。

ゆかの上をさっと歩《ある》く、ママらしい足音が聞《き》こえる。ママはわたしをぎゅうっとするんだけど、すごく長《なが》くぎゅうっとするから、つかれてしまいそうになるんだ。

3

八時《じ》になるきっかり十五分前《ふんまえ》に、先生は教室《きょうしつ》のドアのかぎをあける。そのときにはもう、わたしはドアの前《まえ》にいて待《ま》ってるんだ。教室《きょうしつ》に入ると、本だなのところに直行《ちょっこう》して、そばにすわる。ほかの子たちは教室《きょうしつ》にやってくると、つくえのまわりでうろうろする。「おはよう」って言《い》ったり、しゃべったり、わらったりするんだ。わたしも「おはよう」って言《い》うよ。かなりちっちゃな声《こえ》だけど。だれにも聞《き》こえてないときもある。

あのサメの本を開《ひら》く。この本、大きくて、ぶあつくて、重《おも》いんだ。もう、半分以上《はんぶんいじょう》読《よ》んだよ。サメの本は、朝《あさ》にあるいいこと。朝《あさ》にあるすごくいやなことは、出席《しゅっせき》かくにん。大きな声《こえ》を出さなくちゃいけないからね。

「ミッラ?」

「ここでーす！」とミッラがさけぶ。「こっち！」

ミッラはつくえの横《よこ》に立って、ふざけて大きく手をふる。みんながわらう。いくつもの名前《なまえ》がよばれる。みんな、大きな声《こえ》ではっきりと答《こた》える。手もあげる子もいる。

「イェニー？」

「はい」わたしはささやいて、ちょっとだけ手をあげる。

わたしの席《せき》は、教室《きょうしつ》のいちばん後《うし》ろにある。これはいいことなんだ。ここにいると、起《お》きていることがぜんぶ見えるし、ほとんどの子からはわたしが見えない。みんなは、じゅぎょうちゅうずっと、すわって手をあげている。タコのうでがいっぱい、ゆらゆらしている。

「今日《きょう》は、オキアミのことを調《しら》べてみよう」先生はそう言《い》って、手をたたく。

「サメの本を読《よ》んでいても、いいですか？」休み時間《じかん》になるとすぐ、わたしはたずねる。

いいときもあるけど、ダメなときもある。先生は心配《しんぱい》するような顔《かお》をしている。

「ダメ。今日《きょう》は、ほかのみんなと同《おな》じように、外《そと》に出てきなさい。ほら、サッカーをしてるよ。楽《たの》しそうだよね？」

目《め》の前《まえ》でぴしゃんとドアがしまる。わたしは校庭《こうてい》に出て、みんなが遊《あそ》んでいるのをながめる。

「イェニー、いっしょになわとびする？」なわとびをしているディーランとミーオが、たずねてくる。

だれも使《つか》ってないオレンジ色《いろ》のなわとびが、下に一本おいてあった。ちょっとだけとんでみる。たしかにけっこう楽《たの》しいね。でも、本を読《よ》むほどじゃないな。わたしの頭《あたま》の中は、サメのことでいっぱいだ。**サメは太古《たいこ》より存在《そんざい》しています。サメは人類誕《じんるいたん》生《じょう》のずっと前《まえ》からいたのです。**これが、今朝《けさ》、サメの本で読《よ》んだこと。

ブランコのところへいって、すわる。ミーオとディーランは、まだなわとびをしている。

わたしには、ほかの歯《は》よりもとがっている歯《は》が一本ある。サメの歯《は》だよ。その歯《は》を指《ゆび》でさわってみる。大きくなるのがはやくて、もうきのうより大きくなってる気がする。ママまで、この歯《は》はとくべつにとがってる、って思《おも》ってるんだよ。子どもの歯《は》は、もうたくさんぬけてる。もうちょっとしたら、口の中がサメの歯《は》でいっぱいになるんだ。

バーン。サッカーボールが、ブランコの支柱《しちゅう》にぶつかる。はねたボールは、こっちへ転《ころ》がってくる。

「ボール、こっちへパス！　ネズミちゃん、はやく！」

ミッラだ。少《すこ》しはなれたところでじっと立って、待《ま》ってる。サッカーをしてる子たち全員《ぜんいん》が、ミッラの後《うし》ろにいる。ミッラがわたしのことをネズミってよぶのが、いやなんだ。そんなよびかたをするんなら、ボールをけってやるもんか。わたしは、またブランコにすわる。

「おーい！　なんでパスしてくれないの⁉」

わたしは足元《あしもと》を見る。なんにも答《こた》えてやらない。

「ねえってば！　ボール、ちょうだいよ！　ちょっと、なにか言《い》いなよ。あと、大きな声《こえ》で！」ミッラは、先生の声《こえ》をまねる。

セッベとエルカンがわらう。顔《かお》をあげると、校庭《こうてい》にいる子が少《すく》なくなっていた。休み時間《じかん》が終《お》わったんだ。立ちあがって、げんかんに向《む》かって、サッカーをしてた子たちのそばを走《はし》りぬける。ボールなんて、自分《じぶん》たちでひろえばいい。

先生が海《うみ》のことを話《はな》しているときが、わたしはすき。自分《じぶん》がしゃべらなくてもいいときはね。かみの毛《け》をちょっと自分《じぶん》にまきつけてみる。安心《あんしん》できるように。ミッラは、自分《じぶん》のいすの上でくねくねしている。ぜんぜんじっとしていないんだよ。それに、小さな声《こえ》でセッベとおしゃべりしている。じゅぎょうちゅうは、となりの子としゃべっちゃいけないのに。

「みんな、今日《きょう》の夜《よる》はオープンスクールがあるのをわすれないようにね」じゅぎょうが終《お》わると、先生は大きな声《こえ》でさけんだ。「お

母《かあ》さんお父《とう》さんは、全員《ぜんいん》大かんげいです。それに、お茶《ちゃ》の時《じ》間《かん》もあるからね！」

「うちのママ、来《く》るよ！」

「うちは、お母《かあ》さんもお父《とう》さんも来《く》るよ」

「うちのお父《とう》さん、ふたりとも来《く》るよ！」

うちのママも来《く》る。ママは、ずっとすっごく楽《たの》しみにしてたんだ。ちょっとオーバーなくらいに。

4

おじいちゃんの家《いえ》は、小さくて黄色《きいろ》くて、草ぼうぼうの大きな庭《にわ》があるんだ。わたしは自転車《じてんしゃ》で進《すす》んでいって、自転車《じてんしゃ》を古《ふる》いりんごの木に立てかける。そこらじゅうに、かれた花やかわいた大きなえだが落《お》ちている。前《まえ》はね、おばあちゃんが手入れをしてたときだけど、この庭《にわ》はすっごくすてきだったんだ。いまは草が長《なが》くのびている。わたしのひざまでとどきそうなくらい。

おじいちゃんはぜったいに庭《にわ》に出ない。そもそも、外《そと》にあんまり出ないんだ。だれかに庭《にわ》のことをきかれると、おじいちゃんはこう答《こた》える。「ダメダメ、そういうことは、わたしにはできないんだ」「おばあちゃんだけが、できたんだよ」

ドアを開《あ》ける前《まえ》に、三回《かい》ノックする。かぎはぜったいかかってない。おじいちゃんちにお客《きゃく》さんが来《く》ると、すぐにお茶《ちゃ》の時間《じかん》になる。くつをぬぐひまもないくらい。

「いらっしゃい、イェニー！　さあ、コーヒーとおかしにしよう」わたしがげんかんにいるのに気がついて、おじいちゃんが大声《おおごえ》でよんでいる。

リビングルームに入っていく。おじいちゃんは、写真《しゃしん》のアルバムをひざにのせて、ソファにすわっている。いつもそこにすわるんだ。

わたしは、おかしの用意《ようい》をてつだう。リビングのテーブルでは、わたしもいつも決《き》まったところにすわる。あの緑色《みどりいろ》の木のいすは、おばあちゃんのいす。でも、すごく長《なが》いあいだ、だれもすわらないままになっている。もうすぐ二年ね、ってママは言《い》う。おばあちゃんは、このところ、死《し》んじゃってるんだ。

おばあちゃんがいつもすわっていたところには、おばあちゃんの写真《しゃしん》がおいてある。庭《にわ》でうれしそうにしているおばあちゃんの写真《しゃしん》。グレーのかみの毛《け》は、風《かぜ》でぐしゃぐしゃになっている。その写真《しゃしん》立てを、おじいちゃんは毎日《まいにち》みがいている。

おじいちゃんは、すごくたくさんの写真《しゃしん》アルバムを持《も》っていて、それがぜんぶ、リビングのテーブルにつんである。おじいちゃんってば、アルバムを本だなにもどそう

とさえ、ぜんぜんしないんだよ。おじいちゃんが知《し》ってるいちばんいいこと、それは、お茶《ちゃ》をすることと、アルバムを見ること。前《まえ》は本を読《よ》むのがだいすきだったのに。いつもわたしに本を読《よ》んでくれていたんだ。

　おじいちゃんの家《いえ》には、いままでも、へーっていうような古《ふる》いものがたくさんあったよ。だけど、いまは家《いえ》のあっちこっちに古《ふる》い家具《かぐ》やはこがおいてある。家《いえ》にいくたびに、地下《ちか》室《しつ》から新《あたら》しいものが出てきてる。ほぼ〈おばあちゃん博物館《はくぶつかん》〉になっちゃってるんだよ。

「イェニー、おばあちゃんの古《ふる》い花びんをおぼえているかな？　これは、ほんとうに古《ふる》くてねえ。十九世紀《せいき》のものだよ」

　わたしはこくんとうなずく。おばあちゃんは、古《ふる》い花びんをいっぱい持《も》っていた。むかしは、どの花びんにも花がかざってあったんだよ。おばあちゃんは庭《にわ》からチューリップをつんできてた。いまの花びんは、からっぽのまんまで、まどべやテーブルの上におかれている。

「おじいちゃん、本、読《よ》んでくれない？」とわたしはたずねる。

「あとで読《よ》もうな。このすてきな写真《しゃしん》、見たことあったかな？　けっこん式《しき》のときのおばあちゃんだよ」

それは古《ふる》い写真《しゃしん》で、おばあちゃんは白いワンピースを着《き》ていて、おじいちゃんは船乗《ふなの》りのぼうしをかぶっている。

「おじいちゃん、サメのこと、話《はな》してよ」

「どのサメのことかな？」

「海《うみ》で見たサメだよ。おじいちゃんが船乗《ふなの》りだったときに」

「ああ、そのサメか。やつらはなあ、大きくて、きけんなんだ。おとなの男を、あっというまにかみちぎってしまえる。それに、むれにならず、それぞれで海《うみ》の中を泳《およ》ぎまわる。いやいや、サメとはなんともおそろしいな！　だがな、イェニーちゃん、アルバムをちょっと見てみようじゃないか。おば

あちゃんとおじいちゃんは、一九八〇年代《ねんだい》に地中海《ちちゅうかい》にあるマヨルカ島《とう》にいったことがあるんだぞ」

「そこでサメを見たの？」

「いや、いや。でも、おまえのおばあちゃんがなにをしたか、わかるかな？　高《たか》いがけの上から海《うみ》にとびこんだのさ。おばあちゃんには、こわいものなんてなかった」

「サメだって、こわくなかった？」

「ああ、そんなの、ぜんぜんだ。おばあちゃんはどんな動物《どうぶつ》もすきだった。ほら、これを見てごらん。ゴットランド島《とう》を馬《うま》でまわったときの写真《しゃしん》がある。おばあちゃんは、いちばんのあばれ馬《うま》に乗《の》ったんだよ」

おじいちゃんは、アルバムをあっちこっちとめくる。ぜんぶ見たことがあるよ。

「おじいちゃん」しばらくしてから、わたしはささやく。「わたし、ちょっとサメみたいだと思《おも》わない？」

おじいちゃんは、大声《おおごえ》でわらいだす。

「なあ、イェニーちゃん、おまえはサメなんかじゃないよ。そんなバカなこと、だれが言《い》ったんだ？　こんなにかわいらしくて、やさしいのに」

おじいちゃんはわたしの頭《あたま》をなでる。

アミーナの家《いえ》まで急《いそ》がなくちゃいけない時間《じかん》になっていた。オープンスクールの前《まえ》に、アミーナのうちでごはんを食《た》べることになっているんだ。草だらけの庭《にわ》を通《とお》って、門《もん》に向《む》かう。

おばあちゃんはきっとかなしむだろうな。なにもかもが、こんなにめちゃくちゃになっちゃって。自分《じぶん》の花のせわをおじいちゃんにしてもらいたいって、思《おも》ってただろうから。

5

アミーナの家《いえ》のドアの前《まえ》に立っている。もうノックはしたんだ。だれかがドアを開《あ》けてくれるまで、時間《じかん》がかかることがあるんだよね。入ってくればいいよ、ってアミーナは言《い》ってくれているんだけど、いやなんだ。こわくて。

「どうぞ!」やっとアミーナが大声《おおごえ》でよぶ。

アミーナはもう何度《なんど》もさけんでいる。でも、ドアを開《あ》けに来《き》てくれないよ。ついにわたしは、自分《じぶん》でドアを開《あ》けた。ちょっと強盗《ごうとう》になった気分《きぶん》だよ。パンケーキのいいにおいが、家《いえ》じゅうにひろがっている。とりあえずこれはいいね。

アミーナはキッチンにいる。おねえちゃんのマリアムと、マリアムのかのじょのエーリンといっしょだ。マリアムはコンロのそばに立って、パンケーキをやいている。アミーナはエーリンのひざの上にすわって、足をぶらぶらさせている。

「イェニー、こんにちは」とエーリンが言《い》う。「さいきん、サメのことはどう?」

こんなふうにきいてくれるのは、ほぼエーリンだけだよ。

エーリンに、ホホジロザメのことをちょっとだけ、小さな声《こえ》で話《はな》す。いちばんきけんなサメなんだよ。全長《ぜんちょう》六メートルくらいになることもあるんだ。

気になるなあ、というように、エーリンはうなずく。

エーリンとマリアムがけっこんすればいいな、って思《おも》ってるんだ。そうすれば、エーリンはずっとここに遊《あそ》びに来《く》るから。マリアムとエーリンは十五さいだから、もうけっこんできそうなくらいに大きいよね。

アミーナはあくびをしてる。サメのことには、あきあきなんだ。でも、かまわない。べつに、同《おな》じものをすきにならなくてもいいんだからね。

「エーリン、急《いそ》がなくちゃ。バスが来《き》ちゃうよ」マリアムはそう言《い》いながら、パンケーキがのったお皿《さら》をテーブルにのせてくれる。

「なにがあるの?」とアミーナがたずねる。

「バンドの練習《れんしゅう》」

マリアムとエーリンのバンドは、週《しゅう》に何回《なんかい》か集《あつ》まって、練習《れんしゅう》しているんだ。マリアムがギターケースをせおう。ロックスターみたいだ。

「えー、あたしたちもいきたいよ！　見てみたいよ！」アミーナがさけぶ。

「ソーリー、あんたたちは、おちびちゃんだから」

「ああもう。おちびちゃんじゃないし」アミーナはぶつぶつ言《い》ってる。

「お母《かあ》さんは、仕事部屋《しごとべや》で書《か》きものをしてるからね。のこったパンケーキは、冷《れい》ぞう庫《こ》に入れておくんだよ」とマリアム。

「のこらないよ。ねえ、イェニー？　ぜんぶ食《た》べちゃうよね」

「いいね、きみたち」とエーリン。

マリアムとエーリンはくつをはくと、じゃあね、とさけんだ。

ドアがバタンとしまる。ふたりの足音と声《こえ》が、階《かい》段《だん》から聞《き》こえてくる。パンケーキはとってもおいしい。口いっぱいにつめこんで、もぐもぐとかむ。パ

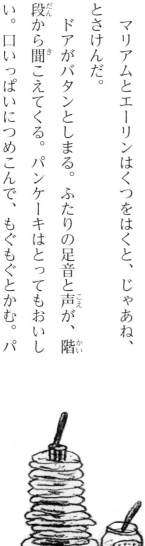

ンケーキをかみ切《き》るのに、サメの歯《は》はすごくべんりなんだ。パンケーキをほとんどまるごと、口へつっこめる。口の中で切《き》ればいいからね。歩道《ほどう》を見下ろすと、バス停《てい》へ走《はし》っていくマリアムとエーリンが見えた。手をつないだまま、走《はし》ってる。エーリンのリュックからは、ドラムのスティックがとびだしてるよ。

ふたりでパンケーキをぜんぶ食《た》べてしまうと、アミーナは、おじさんみたいな大きなゲップをする。それから、くすくすわらう。

わたしはおなかをたたいて、時計《とけい》を見る。うん、ママはやっぱりおそい。だいたい、いつでもそう。今日《きょう》だけは、おくれちゃいけないのに。お母《かあ》さんお父《とう》さんはみんな、学校にいくんだからね。お母《かあ》さんお父《とう》さんでいっぱいの教室《きょうしつ》、すきになれないだろうな。でも、オープンスクールには、みんないかなくちゃいけない。

キッチンのまどべに立って、外《そと》を見る。アミーナもそばでいっしょに見てる。ずいぶんしてから、ママが団地《だんち》を走《はし》りぬけてくるのが見えた。

6

学校へのバスは、もういってしまった。次《つぎ》のバスが来《く》るまで、十五分《ふん》もある。ふたりでバス停《てい》ですわって待《ま》つ。ちこくするの、わたしはすきじゃない。

「だいじょうぶよ。そういうことも、たまにはあるって」ママはそう言《い》う。

たまには、じゃないよね。ちこくっていうものをやっちゃうと、みんながじいっと見てくるんだよ。で、大きな声《こえ》で、「おくれてすみません」と言《い》わなくちゃいけないんだ。バスをおりてから学校まで、わたしはずっとちょこちょこと走《はし》っていた。ママは何《なん》メートルか後《うし》ろを歩《ある》いている。できるだけはやく歩《ある》いてるよ、って言《い》いながら。おそすぎなんですけど。

「すみません、すみません、おくれちゃいました！」教室《きょうしつ》のドアを開《あ》けると、ママはそうさけんだ。

先生が、みなさんようこそ、とホワイトボードの前《まえ》に立ってあいさつをしていたのを、ママがさえぎったんだ。お母《かあ》さんたち、お父《とう》さんたち、子どもたち、全員《ぜんいん》がこっちをじいっと見る。空《あ》いてるいすは、ひとつもない。どこを見ればいいのか、わからないよ。顔《かお》をかみの毛《け》の中にかくした。

「はーい、じゃあ、これでそろいましたね」と先生が言《い》う。「今日《きょう》、子どもたちとわたしは、いま学校で勉強《べんきょう》していることをお話《はなし》します。楽《たの》しいことばかりですよね。でも、まずはお茶《ちゃ》にしましょう。さあ、どうぞ！」

先生は、クッキーがのったつくえを手でしめす。お母《かあ》さんたちとお父《とう》さんたちのおしゃべりで、教室《きょうしつ》がいっぱいになる。全員《ぜんいん》がつくえにとっしんして、クッキーをつかみとっていく。少《すこ》しはなれたところに立っている、何人《なんにん》かのお母《かあ》さんをのぞいて。そのひとたちは、心配《しんぱい》そうな顔《かお》をして、ささやきあっている。

「うわ、あのクッキー、きけんな感《かん》じ」とひとりのお母《かあ》さんが言《い》って、ヒクヒクわらう。「おいしそうだけど、食《た》べないほうがいいかも。でも、ひとつくらいは、食《た》べてみたほうがいいかな？」

「たぶん半分《はんぶん》くらいね。ひとつ食《た》べると、やめられなくなるのがこわくて」とべつのお母《かあ》さん。

「ナッツ入りのは、ぼくが作《つく》ったんだ！　いちばんおいしいよ」

エルカンが大きな声《こえ》でそう言《い》って、クッキーを指《ゆび》さす。

そのお母《かあ》さんたちは、ちっとも動《うご》こうとしない。わたしとママはクッキーのつくえに近《ちか》づいてみる。

ほんとにおいしそう。わたし、おかしとパンケーキ、どっちも食《た》べてきたのにね。ママはクッキーを五つ取《と》って、自分《じぶん》のお皿《さら》にのせた。それから、〈クッキーきょうふ〉のお母《かあ》さんたちのほうを向《む》く。

「ほら、お父《とう》さんたちがぜんぶ食《た》べてしまう前《まえ》に、早く！」とママはさけぶ。

何人《なんにん》か、ちょっと近《ちか》づいてきた。

「こんなに、おいしいのに！」ママは大きな声《こえ》でそう言《い》うと、クッキーをふたつ、口につっこんだ。「それに、ちょっとくらい太《ふと》ったからって、どうってことないでしょ！　そんなにおそろしいことですか？」

お母《かあ》さんたちは、はあーっとためいきをついて、顔《かお》を見合《みあ》わせる。

「もう、このままじゃダメね！」

そう言《い》うと、ママはいくつかのお皿《さら》にクッキーをのせていった。ひとつのお皿《さら》に何《なん》まいかずつ。それから、そのお皿《さら》をあのお母《かあ》さんたちに配《くば》った。
「えー、ちょっと待《ま》って、ほんとに食《た》べなきゃダメー？」お母《かあ》さんグループから、そんな声《こえ》が聞《き》こえてくる。でも、お皿《さら》は受《う》け取《と》ってるね。わたしもいくつかおかわりする。それから、ママをク

ッキーのつくえのそばから引《ひ》きはなす。

オープンスクールっていうのは、学校でやってることを見せるものだ。なにを見せればいいのか、わたしはちゃんとわかってるよ。

本だなのところへいくために、数人《すうにん》のお母《かあ》さんお父《とう》さんのあいだを通《とお》りぬける。この本だなのことは何度《なんど》も話《はな》してるんだ。なのに、ママってば、そんなにちゃんと見てくれない。サメの本さえ、見ないんだよ。本だなのこと、つまらない家具《かぐ》だと思《おも》っているみたい。ママは、本をぜんぜん読《よ》まないいんだ。この本だなは学校でいちばんすてきなものだ、ってことをわかっていない。

本だなのそばのつくえでは、ふたりのお母《かあ》さんが席《せき》にすわって、大声《おおごえ》でわらっている。ディーランとミッラも、そばにすわっていた。あのふたりのお母《かあ》さんたちなんだね。お母《かあ》さんたちは楽《たの》しそうに話《はな》してる。ディーランとミッラはなかよしじゃないのに。ディーランは、べつの場所《ばしょ》にすわりたがってるみたい。でも、お母《かあ》さんは気づいていない。

「いつか、うちにお茶《ちゃ》に来《き》てくださいよ！」とミッラのお母《かあ》さん。

ミッラは、つまんないって感《かん》じで、つくえのあしをけっている。

「いいですね！　ねえ、ディーラン？」とディーランのお母《かあ》さん。

ディーランはだまってうつむいている。友《とも》だちでもない子の家《いえ》でお茶《ちゃ》なんて、できるわけないよねえ。でも、あのお母《かあ》さんたちはそれをわかっていない。ミッラのお母《かあ》さんとディーランのお母《かあ》さんは、まちで会《あ》って、お茶《ちゃ》をすればいいんだよ。そんなにコーヒーがすきなら。心配《しんぱい》になってきて、わたしはママを見る。だれかをうちによんだりしませんように。

お茶《ちゃ》のあと、オープンスクールが本格的《ほんかくてき》にはじまった。クラスの何人《なんにん》かが発表《はっぴょう》する。お母《かあ》さんお父《とう》さん全員《ぜんいん》の前《まえ》に立って、大きな声《こえ》でしゃべるんだ。話《はな》すのは学校でのこと。それに、わたしたちが勉強《べんきょう》していること。

「イェニー、なにか話《はな》さない？」いきなり先生が、そうたずねてくる。

わたしはこおりつく。そして、頭《あたま》をぶんぶんとふる。それはしたくない。話《はな》さなくてもいいって、先生はたしかに言《い》ってた。話《はな》したくなければ、オープンスクールで発《はっ》表《ぴょう》しなくてもいいよ、って。

「ほんとうにいいのかな、イェニー？ いまは海《うみ》のことを勉強《べんきょう》しているよね。すごくおもしろいって、きみは思《おも》ってるじゃないか」

「ほんとに、そうなんですよ」とママがさけぶ。「この子、サメのことばっかり話《はな》してて。ねえ、おじょうさん？」

わたしはゆかを見つめる。みんなが、わたしをじいっと見ている。先生は、話《はな》さなくてもいいと言《い》ったけど、あれはうそだったんだ。うそをつくなんて、ぜったいよくない。みんながこっちをじいっと見たまま、じわじわと時間《じかん》がすぎていく。クラスには、大きな声《こえ》で話《はな》すのがすきな子がたくさんいて、いまはそれでたすかった。すぐにミーオとセッベとディーランが手をあげた。

先生はわたしのことをわすれてしまった。わたしはもう、オープンスクールにつかれたよ。本だなのそばで本を読《よ》みたいけど、むりだ。本だなとのあいだには、すごくたくさんのお母《かあ》さんお父《とう》さんがいるから。

7

オープンスクールの次《つぎ》の日、先生はじゅぎょうちゅう、ほとんどわたしだけにしつもんしてきた。ほかの子たちが答《こた》えたがっているのに。わたしのことはほっといてほしい。うるさく言《い》うのをやめてほしいんだ。

みんな、自分《じぶん》ができることを見せなくちゃいけない。できるというだけじゃ、ダメなんだ。わたしは、すごくいろいろできる。クラスでほぼいちばんなんだ。わたしよりできるのは、ディーランくらいだもん。わたしがたくさんできるって、先生は知《し》っている。テストでは、丸《まる》と金の星《ほし》マークをたくさんもらうから。先生がもう知《し》っていることをどうしてわざわざ見せなくちゃいけないのか、意味《いみ》がわからないよ。先生、そんなにわすれっぽいわけじゃないよね？

その日のじゅぎょうが終《お》わると、先生はわたしに言《い》った。のこっているように、って。話《はなし》をしなくちゃ、と先生は本気の声《こえ》で言《い》った。みんなが教室《きょうしつ》を出てしまうまで、わたしは自分《じぶん》の席《せき》で待《ま》つ。

「もうすぐ、三者面談《さんしゃめんだん》があるね」先生はそう言《い》いながら、わたしの席《せき》までいすをひとつ引《ひ》っぱってくる。「来週《らいしゅう》の水曜日《すいようび》が、きみの番《ばん》だ。イェニー、きみはとってもおとなしい。きみとぼくとお母《かあ》さんとで、そのことについて、少《すこ》し話《はな》さなくちゃいけないね」

わたしは先生をじいっと見る。先生はやさしい目をしていて、すてきな黄色《きいろ》のシャツを着《き》ている。でも、いまの先生は、おそろしいモンスターみたいだ。

「オープンスクールでは、きみいがいの全員《ぜんいん》が、大きな声《こえ》で話《はな》したよ。お母《かあ》さんお父《とう》さんは、きみの話《はなし》も聞《き》きたかったはずだ。それに、じゅぎょうちゅうにぜったいに手をあげないのは、どうして？　きみは、すごくたくさんのことをわかっているのに。海《うみ》のことも、ほかのいろんなことも」

わたしはくちびるをぎゅっととじる。舌《した》でサメの歯《は》をさわる。気をつけてさわらなくちゃいけないんだ。すごくとがっているからね。待《ま》ちきれないよ、大きくなって、口の中がサメの歯《は》でいっぱいになるのが。そうなれば、わたしがサメだって、みんなはすぐに気がつくから。

「休み時間《じかん》にきみがひとりぼっちでいることを、先生はかなしく思《おも》っているんだ。イェニー、ゆうきを出してなにかをやってみるっていうのは、だれでもできるようになることなんだよ。練習《れんしゅう》さえすればね」

わたしは頭《あたま》を横《よこ》にふる。先生はなんにもわかっていない。大きな声《こえ》でしゃべってみるのは、もちろんできるよ。でも、それはやりたくないことなんだ。サメは、そういうことをしないんだ。先生に対《たい》して、すごくはらがたってくる。サメのいかりがすごくわいてくる。でも、そのいかりは、体《からだ》の外《そと》へは出てこない。さけんだり、言《い》い合《あ》ったりするの、わたしはすきじゃないんだ。先生に向《む》かってさけぶのは、いけないことだし。先生は話《はな》す。「みんな、大きな声《こえ》でしゃべれるようにならなくちゃいけないんだよ。生きていくうえで、たいせつなことだからね」

「かわりに、みんなが、もっとよく聞《き》くようになれないんですか?」

「え？」

「わたしはタコなんかじゃない」

「タコ？」

でも、もうしゃべる気がしないよ。

「あのね、みんながびっくりするようなクラスのおたのしみを、先生は計画《けいかく》しているんだよ。来週《らいしゅう》にね。きみはすごく気に入るはずだ。運《うん》がよければ、タコを見られるかもしれない。でも、いまはここまでしか言《い》えないよ。はっきり言《い》って、ちょっとしたひみつだからね」先生は、すごいだろうって顔《かお》をしている。

タコなら、一日じゅう見てるよ。どう考《かんが》えても多《おお》すぎるくらい、見てる。でも、それは言《い》わない。だれかのことをタコなんてよんじゃ、いけないからね。ほんとのこと

だけどさ。

「来週《らいしゅう》までに、よく考《かんが》えてみてほしいな。自分《じぶん》をかえるために、どうすればいいのかを。それで、三者面談《さんしゃめんだん》でお母《かあ》さんといっしょに、どうするかを決《き》めよう。それでいいかな？　じゃ、そういうことで」

先生は立ちあがると、わたしのかたをぽんとたたいて、職員室《しょくいんしつ》へ向《む》かっていった。

三者面談《さんしゃめんだん》は、ぜったいにしなくちゃいけない。クラス全員《ぜんいん》がするんだ。でも、自分《じぶん》をかえるということは、話《はな》したくない。だって、サメはサメなんだから。先生は、サメをつりあげようとする漁師《りょうし》みたい。サメをあみでつかまえたがっている。それに、サメにタコのうでを生やしたい、と思《おも》っている。

でもね、あみでサメをつかまえることはできないよ。むりなんだ。サメは、すごい力でもがいて、にげだしてしまうよ。

8

おこりながら、帰《かえ》りの自《じ》転《てん》車《しゃ》をこぐ。足がはやく動《うご》く。グルン、グルン。わたしは海《うみ》のサメと同《おな》じくらいにはやいんだぞ。道《みち》を横《よこ》切《ぎ》ろうとしていたネコが、おびえて草むらへかけこんでいく。サメは自《じ》分《ぶん》のいきたいところへ泳《およ》いでいくんだ。だれもサメを止《と》められない。

学校が終《お》わったあと、ときどきひとりで自《じ》転《てん》車《しゃ》で走《はし》りまわることがある。アミーナの家《いえ》にいくか、おじいちゃんの家《いえ》にいくか、自《じ》分《ぶん》の家《いえ》に帰《かえ》る前《まえ》に。ママはこのことを知《し》らない。ひとりだけで遊《あそ》びたいときって、あるでしょ。自《じ》転《てん》車《しゃ》は、ひとり遊《あそ》びにぴったりなんだ。それに、学校から家《いえ》に帰《かえ》るとちゅうなのは、たしかだし。ちょっと多《おお》めに走《はし》ってるだけだよ。

うちの近《きん》所《じょ》なら、どこでもわかる。自《じ》転《てん》車《しゃ》で海《うみ》のはしからはしまで、走《はし》っていく。

歩道《ほどう》を歩《ある》く人たちよりもはやく。クジラやイルカよりもはやく。空をとぶ鳥《とり》たちよりもはやく。

とうとう、止《と》まらなくちゃいけなくなる。大きな交差点《こうさてん》の手前《てまえ》で止《と》まる。ここから先は町の中心地《ちゅうしんち》だ。この先へ自転車《じてんしゃ》でいくのはダメ。きけんだから、ってママは言《い》う。すごくたくさんの車。立ちどまったまま、車を見る。遠《とお》くにあるたくさんの高《たか》い建物《たてもの》も。こわくないぞ。サメはこわがらない。町じゅうを自転車《じてんしゃ》で走《はし》ってみせる。サメならできるぞ。わたしはやらない。でも、やろうと思《おも》えばできるんだ。

自転車《じてんしゃ》からおりて、向《む》きをかえる。でも、家《いえ》には帰《かえ》りたくない。体《からだ》の中では、まだすごくおこっているんだ。大きな青い建物《たてもの》にそって進《すす》む。建物《たてもの》の外《そと》においてあるごみ用《よう》のコンテナは、まんぱいだ。古《ふる》いロッキングチェアと、こわれたドラムがとびだしてるよ。なにかいいものが入っているかもしれない。コンテナの中では、たまにそういうものが見つかるんだ。コンテナは開《ひら》いている。つまり、中へ入ってもいい、ってことだ。そうじゃなければ、しまっているはずだからね。わたしは自転車《じてんしゃ》を建物《たてもの》のかべに立てかけた。

コンテナはきたなくて、ちょっと気持《きも》ちの悪《わる》いにおいがする。中には、家具《かぐ》や道具《どうぐ》がいっぱい入っていた。すみっこには、古《ふる》いグラスと花びんがたくさん入ったはこがあった。わたしは、グラスをひとつ持《も》ちあげる。

カッシャーン。コンテナのかべにグラスが当《あ》たってこわれると、いい音がする。

わたしは、いちばん大きくて、いちばんきけんなサメなんだぞ。

グラスをもうひとつ投《な》げる。カッシャーン。

それから、大きな花びんも。両手《りょうて》じゃないと持《も》てないよ。サメとはケンカしないほうがいいんだぞ。もうひとつ投《な》げる。カッシャーン。どんなことでも、サメはやろうとするんだぞ。わたしは自転車《じてんしゃ》でどこにだっていけるんだぞ。それに、ひみつのコンテナの中にも入るんだぞ。それなのに、先生はわたしのことをこわがりだと

思《おも》ってる。カッシャーン。あのいかりが少《すこ》し消《き》える。カッシャーン。われたガラスが自分《じぶん》に当《あ》たらないように、気をつける。ガラスのかけらは大きな山になっていた。いかりは、すっかり消《き》えてしまった。

もうおそい時間《じかん》だ。たくさんの古《ふる》いものを乗《の》りこえて、外《そと》へ出る。そのとき、なにかが見えた。コンテナのうしろにはドアがあって、大きく開《ひら》いていた。あの青い建物《たてもの》のドアだ。〈海《うみ》の世界《せかい》　ここは入り口ではありません〉と書《か》かれている。いい世界《せかい》みたいな気がするね。まわりを見ても、だれもいない。

どんな世界《せかい》なのか、たしかめなくちゃ。

9

暗《くら》くて短《みじか》い通路《つうろ》を歩《ある》いていく。角《かど》をひとつ曲《ま》がったとたんに、高《たか》い天井《てんじょう》の大きな部屋《へや》の中にいた。はじめのうちはよく見えなかった。それから、水そうが見えた。いっぱいある。水そうの中は大きな海《うみ》みたいだ。先へと進《すす》んでいく。さいしょの水そうでは、大きな黄色《きいろ》の魚《さかな》が泳《およ》いでいた。次《つぎ》の水そうにいるのはウナギ。わたしはどんどん進《すす》んでいく。ぜんぶ見てみたい。

とつぜん、へんな足音が聞《き》こえた。ピチャ、ピチャ。足音は近《ちか》づいてくる。見えている中でいちばん大きな水そうの後《うし》ろに、わたしはかくれた。ゆかの近《ちか》くにいれば、見えないはず。足びれをつけた男の人が通《とお》りすぎていく。ダイバーだ。こっちは見て

いない。あのドアをしめわすれたのは、きっとこの人だね。くちぶえをふいていて、なにかべつのことを考《かんが》えているみたい。すぐにべつの部屋《へや》へいってしまった。

わたしは立ちあがる。この大きな水そうは、ほんとうにすごく大きい。きょだいな魚《さかな》たちがすんでいるはず。見あげてみる。自分《じぶん》の目がしんじられないよ。ほんのすぐそばを、大きな水そうの中を、一ぴきのサメが泳《およ》いでいたから。

まばたきもせずに、わたしはサメを見つめる。できるだけ近《ちか》づいて。水そうの中、サメはひとりっきりで、いったりきたり、ゆったりと泳《およ》いでいる。ほんもののサメを見たことは、いままでなかった。ちょっとへんな、シューッという音が聞《き》こえる。たぶん、水そうのポンプの音だ。サメが元気《げんき》でいられるように、ポンプで水をきれいにしているんだね。

サメは、大きくてキラキラしている。黒《くろ》っぽい灰色《はいいろ》と白色《しろいろ》をしていて、せびれとするどい歯《は》がある。おそろしくも見えるし、やさしそうにも見える。それに、写真《しゃしん》で見たどんなサメよりもすてきだ。あのサメの本で見たものよりも、すてきだったんだ。

あのシューッって音が、また聞《き》こえる。それとも、あれはつぶやき？　そうだ、あれは、つぶやいている声《こえ》だ。水そうから聞《き》こえてくる。水そうの中で、だれかがしずかにしゃべっているんだ。こんどは声《こえ》がはっきりと聞《き》こえた。サメだ。あのサメは、あの中を泳《およ》ぎまわりながら、ひとりごとをつぶやいているんだ。サメらしく、小さな声《こえ》でしゃべっている。

もっとガラスに近《ちか》づいてみる。水そうに耳をくっつける。サメは、わたしが聞《き》いているのに気がつくと、動《うご》きを止《と》めた。

「おや、わたしの声《こえ》を聞《き》いているのは、だれだね?」サメは、びっくりしたようにたずねてくる。

「わたし、イェニーといいます」と答《こた》えた。

サメはわたしの目《め》の前《まえ》にいて、ガラスごしにわたしを見ている。それから、こう言《い》ったんだ。

「これは、これは。べつのサメに会《あ》うなんて、ずいぶんひさしぶりのことだ」

「ええ!? わたしがサメだって、どうしてわかるの?」

「サメどうしなら、わかるものだよ」サメはそう言《い》って、サメの口でわらったので、するどい歯《は》がむきだしになる。

わたしはうなずく。そうだよね、もちろんそうだ。わたしもサメの口でわらいかえすと、するどいサメの歯《は》がつき出た。

「さっき、なにをつぶやいていたの？」わたしはたずねた。

サメは、ひれをだらんとさげる。

「この水そうのことだよ。ここは楽《たの》しくないんだ。わたしはサメなんだぞ。ここにはいつもたくさんの人間《にんげん》がいて、わたしのことを見たり、からかったり、指《ゆび》さしたりする。わたしは、サメの家《いえ》である海《うみ》にすみたいんだ。ひとりでしずかに泳《およ》げて、ただのサメでいられるところに。わたしがサメだということを、やつらはわかっているんだろうか、と思《おも》うこともあるのだよ」

「わたしとおなじだよ！」

「おまえさんも、水そうの中にすまなくてはいけないのかね？」

「もっとひどいよ。わたしは教室《きょうしつ》の中にいて、手をあげて、いつも大きな声《こえ》でしゃべらなくちゃいけないんだよ！」

「大きな声《こえ》でしゃべるだと！　手をあげるだと！　われらサメのやることではなかろう！　サメには、手をあげることなどできないのだから。ほら、ごらん」

サメは、かたほうのひれを動《うご》かして、ひらひらさせようとしている。でも、そんなに動《うご》かない。ちょっとおもしろい。

「ダメだ。それなら、この水そうにいるほうが、まだましだな」とサメは言《い》った。

「わたしの先生は、サメのことをわかってくれないんだ。子どもはみんなタコだ、って思《おも》ってるんだよ。おかしいよね？」

サメはうなずく。ふたりとも、しばらくだまっていた。いっしょにだまっているのは、いい感《かん》じ。すると、わたしのサメのおなかが、いたくなってきた。三者面談《さんしゃめんだん》のことを考《かんが》えたからだ。

「三者面談《さんしゃめんだん》があるんだよ」わたしはサメにささやく。「先生とママとわたしで、話《はなし》をするの。わたしが自分《じぶん》をかえなくちゃいけない、って話《はなし》を」

「だが、サメは、サメであることをやめることはできないぞ。どういうことだね？」

「先生は、わたしに練習《れんしゅう》してもらいたがっているんだ」小さな声《こえ》で答《こた》える。

すると、サメは本気でおこった顔《かお》になった。自分《じぶん》もサメじゃなかったら、わたしだってこわくなっていただろうね。

「イェニー、お聞《き》き。サメであるというのは、どんなことよりもすばらしいことなんだ。サメと知《し》り合《あ》いなら、みんな、よろこぶべきだ。先生もな」

「わたしはわかってるよ。でも、あの人たちには、わからないんだよ」

サメはためいきをつく。

「やつらも、わかりはじめなくてはいかんな。サメは、いろんなことができる。われらは、しずかにしゃべるのがとくいだ。そんなことができるものは、そうそういないぞ。それに、サメはひとりでやりとげるのも、じょうずだ。われらは、すばらしいことを考《かんが》える。どんなことでもやろうとする。こわがりはしない」

「そう！　わたし、そのとおりなんだよ！」

「わたしもだよ」サメはそう言《い》って、さらに口を広《ひろ》げてほほえむ。「おまえさんとわたしは、よくにている」

だれかとにているのは、ぜんぜんきらいじゃない。

「自分《じぶん》をかえるんじゃないよ。先生には、わかってもらえるよ。おまえさんはサメだ、ということを先生に見せれば」

わたしはうなずく。

「あの音は、なんだ？」とつぜん、サメがそう言《い》う。

わたしにも聞《き》こえた。小さな音だけど、わたしたちサメは、耳がいい。あれは足音だ。あのダイバーだ。

「あの人がもどってきた」わたしはささやく。

「いきなさい、急《いそ》いで！　あの人は、わたしの水そうをきれいにするんだよ。イェニー、またすぐにおいで。サメ友《とも》だちが見つかって、わたしはほんとうにうれしいのだよ！」

わたしはうなずく。ぜったいすぐに、また来《く》るよ。

「じゃあね、サメさん！」とわたしはささやく。

できるだけ急《いそ》いで、こっそりにげる。足音は大きくなっている。そうっと、あの通《つう》路《ろ》にもどる。ダイバーは、ドンと大きな音をさせて、サメの水そうのそばにバケツをおく。わたしのことは見ていない。外《そと》はすごく明《あか》るかった。わたしは小さな石を見つけて、ドアのあいだにおいた。ドアがしまってしまわないように。ここにもどってこられるように。

自転車《じてんしゃ》にとびのっても、ニコニコするのをやめられない。ほんもののサメに会《あ》ったなんて。しかも、サメはこんなに近《ちか》くにすんでいたなんて。

10

学校でのできごとを、わたしはほとんどぜんぶ知《し》っているんだ。だれが病気《びょうき》で、だれとだれがケンカしていて、だれがかなしくなっているか。だれも気がついていないことを、わたしはいつも気がついている。ずっとしゃべっていなければ、そうなるんだよね。

いまは休み時間《じかん》で、わたしはブランコをこいでいる。高《たか》くこげばこぐほど、たくさんのことが見えるんだ。校庭《こうてい》で遊《あそ》んでいる子が全員《ぜんいん》見えるし、学校の外《そと》の道路《どうろ》を通《とお》る車も見える。サッカーコートからは、大きな声《こえ》が聞《き》こえてくる。「パス、まわしてよ」とか「ゴールに走《はし》れ」とか、さけんでいる。みんながボールを追《お》いかけて、すばやく走《はし》っている。

でも、エルカンだけはちがう。エルカンはすみっこに立っている。いつものように。

ボールを目で追《お》いかけるふりをしているけど、こっそり見ているんだ。むこうの木のそばでなわとびをしている、ディーランとミーオとほかの子たちを。エルカンは、だれも自分《じぶん》を見てるわけない、って思《おも》ってるけど、わたしは見ているよ。エルカンは、サッカーよりもなわとびがしたいんだ。あんまりむこうを見ているから、ボールをのがしてしまった。

するとミッラとセッペがエルカンにさけぶ。したくないのに、サッカーをしてるなんて、おかしいな。

学校ではみんな、おかしなことばかりしている。ほんとはやりたくないことをしてるんだ。ひとりになりたくなくてつまらないことをするよりも、自分《じぶん》がしたいことをひとりでするほうがずっといいって、わたしは思《おも》うんだけど。

ランチルームのそばで、大きなトラックがバックしてる。週《しゅう》に二回《かい》、あのトラック

は同《おな》じことをする。あのトラックが来《き》ているのを見るのが、だいすきなんだ。こわい給食《きゅうしょく》のおばさんがいつも、トラックが来《く》るのを待《ま》ってるから。おばさんがこわくなるのは、このときだけ。トラックの運転手《うんてんしゅ》さんを見ると、すっごくニコニコするんだ。給食《きゅうしょく》のおばさんと運転手《うんてんしゅ》さんは、見ていておもしろい。いっぱいしゃべってて、たくさんの食料品《しょくりょうひん》を運《はこ》びこむのをわすれそうになるんだよ。一度《いちど》なんて、食料品《しょくりょうひん》をおろさないまま、運転手《うんてんしゅ》さんはいってしまった。それで、またもどってこなくちゃいけなくなったから、運転手《うんてんしゅ》さんは顔《かお》を真《ま》っ赤《か》にしていた。そしたら、こわい給食《きゅうしょく》のおばさんも、顔《かお》を真《ま》っ赤《か》にしていたんだよ。運転手《うんてんしゅ》さんと給食《きゅうしょく》のおばさんは、両想《りょうおも》いだ。ぜったい、そうだね。

ディーランとミーオのいるほうをもう一度《いちど》見てみる。あのふたりは、いつもいっしょにいるんだ。ディーランは、赤いかみの一年生の女の子に、なわとびをわたしている。ディーランはいつも、いっしょになわとびしないか、みんなにたずねるんだよ。ほとんどだれとでも遊《あそ》びたがる。わたしは決《き》まった子と遊《あそ》びたいけど。ほとんどアミーナとだけ遊《あそ》びたい。

みんな、ディーランのことがだいすきなんだ。ディーランはいつも、先生に言《い》いつけるんだけどね。高学年《こうがくねん》の何人《なんにん》かが、ミーオをからかったときみたいに。そのとき、ディーランは、自分《じぶん》の親《おや》にそのことを話《はな》したんだ。で、ディーランの親《おや》がミーオの親《おや》に電話《でんわ》して、ミーオの親《おや》は先生に電話《でんわ》して、先生はからかった子たちの親《おや》に電話《でんわ》した。それからは、だれもミーオをからかわない。その子たちが、ディーランになにかをすることもないし、ディーランをからかおうとする子もいない。つげぐちやだからね。そんなことしたら、自分《じぶん》が言《い》いつけられちゃう。

プップー。あれは校長《こうちょう》先生の車。道路《どうろ》を曲《ま》がって駐車場《ちゅうしゃじょう》に入ってきている。あれが校長《こうちょう》先生の車の音だというのは、みんなが知《し》ってる。校長《こうちょう》先生は学校に来《く》るといつも、クラクションを二回鳴《かいな》らすからね。前《まえ》はそんなことしなかったんだけど、新《あたら》しいすてきな車に乗《の》るようになってからは、ずっとやってる。子どもと先生、みんなに自《じ》分《ぶん》の車を見てもらいたいんだ。その車、シルバーっぽい色《いろ》でピカピカしていて、まるで駐車場《ちゅうしゃじょう》にある星《ほし》みたい。

今日《きょう》の休み時間《じかん》の見守《みまも》り当番《とうばん》は、わたしの先生だ。先生はベンチにすわって、太陽《たいよう》の光《ひかり》をあびている。ときどき心配《しんぱい》そうにこっちを見ている。わたしがひとりでブランコをこいでるからだ。先生のことは気にしないようにする。わたしは、わたしでいられてうれしいもん。わたしはブランコを高《たか》く高《たか》くこぐ。自分《じぶん》がサメだってことが、わたしはすっごくうれしいんだ。

11

　放課後《ほうかご》、アミーナといっしょに自転車《じてんしゃ》で図書館《としょかん》へいく。図書館《としょかん》にはたくさんの本がある。本だながずらりと何列《なんれつ》にもならんでいて、本はいろんな色《いろ》をしていて、ならんでいるとすてきなんだよね。大きくてぶあつい本もあれば、絵《え》だけの小さな本もある。世界《せかい》じゅうのあらゆることについての本があるんだ。

　図書館《としょかん》の中はしずかだ。たくさんの人がいるのに。みんな、くつの音をさせないように、しずかに歩《ある》いている。わたしとアミーナは、子どもの本のところへそうっと歩《ある》いていく。かしだしカウンターにいる司書《ししょ》さんが、にっこりわらいかけてくる。

　図書館《としょかん》では、だれにもじゃまされずに、ゆっくりできる。ひとりで歩《ある》きまわるのも、ひとりですわっているのも、図書館《としょかん》ではおかしなことじゃない。それに、だれも、大きな声《こえ》でしゃべらせようなんてしない。そもそも、図書館《としょかん》では大きな声《こえ》でしゃべってはいけないからね。大きな声《こえ》でしゃべってたら、放《ほう》り出《だ》されちゃうよ。そんな場所《ばしょ》は図書館《としょかん》だけ。ほかの場所《ばしょ》は正反対《せいはんたい》だよ。小さな声《こえ》でしゃべってると、放《ほう》り出《だ》されそうになる。

アミーナは、ほんのちょっとだけ図書館《としょかん》のことがすきなんだ。ついてきてくれるのは、やさしいから。ママは図書館《としょかん》にいく時間《じかん》がぜんぜんない。それに、わたしひとりではこんなに遠《とお》くまで自転車《じてんしゃ》でいかせてもらえないし。

持《も》てるかぎりの本をたなから取《と》り出《だ》す。重《おも》くなるけど、だいじょうぶ。アミーナといっしょにテーブルのそばにすわる。アミーナが取《と》ってきたのは一さつだけ。建物《たてもの》のかきかたの本だ。わたしが取《と》ってきた本の一さつは、ひとりぼっちでさびしいネコの話《はなし》。家《いえ》がなくてテントでくらしている女の子の本もある。ファンタジーの本も。ぜんぶの本をめくっていく。ぜんぶの本をいっぺんに読《よ》みたいんだ。頭《あたま》の中は、ごちゃごちゃになってくる。テントにくらすネコが、ファンタジーの世界《せかい》を見つける、みたいな物語《ものがたり》になっちゃう。そう話《はな》したら、アミーナはくすくすわらってた。

あのサメのことを考《かんが》える。あのサメも、きっと図書館《としょかん》がだいすきだ。ここはとって

Billie

もしずかで、おだやかだから。もう、あのサメに会《あ》いたくなってるよ。サメがこんなに近《ちか》くにすんでて、よかったな。アミーナには、サメのことはなんにも話《はな》してない。ちょっとうそをついてるみたいな気がするけど。ほんもののサメのことをぜんぜん話《はな》さないなんて。でも、話《はな》したくないんだ。いまは、あのサメはわたしだけのもの。

本の山からべつの本を手にとる。ぼうけんの本だ。表紙《ひょうし》に山と森がかいてある。読《よ》みはじめると、やめられなくなってしまった。

それくらいスリルがあったんだ。サメのことまで、わすれてしまう。

「それ、おもしろい？」しばらくすると、アミーナがたずねてきた。

わたしはうなずいて、答《こた》える。

「下かんもあるんだよ。本だなにあるか、見てくるよ」

むこうにあるぼうけんコーナーをじっくりさがす。ときどき、本がまちがった場所《ばしょ》に入ってることがあるから。でも、下かんは見つからない。あるあるだね。終《お》わりがわからないなんて、ひどいよ。

ちょうどテーブルにもどろうとしたとき、大きな声《こえ》が聞《き》こえた。

「ママ、やだよ！　本読《よ》むの、だいきらいだ！」

まどぎわのテーブルに、わたしと同《おな》じくらいのとしの男の子がすわっていた。ひこうきの絵《え》のついたトレーナーを着《き》ている。その子のお母《かあ》さんは、男の子の目《め》の前《まえ》に本をどっさりつんでいる。

「ほら。なにかすきなものが、ぜったい見つかるから」

「げー。プリンセスか、たんていの話《はなし》ばっかだろ。つまんなすぎる」

そんなことはぜんぜんないよ。もしそうだったら、わたしだって、つまんないって思《おも》ってるはずだよ。いいことを思《おも》いついた。乗《の》り物《もの》の本がある本だなまでいく。そこには、ひこうきの本が二十さつくらいあった。モーターの本、ひこうき大会《たいかい》の本、不《ふ》時着陸《じちゃくりく》の本。わたしは二さつえらぶ。

さっきの男の子は、こんどはテーブルにうつぶせになって、ねたふりをしている。グーグーって、いびきみたいな音をたてている。お母《かあ》さんは聞《き》こえないふりだ。それで「もっと取《と》ってくるね」と言《い》って、どこかにいってしまった。

わたしは、男の子のテーブルにこっそり近《ちか》づいて、その子の目《め》の前《まえ》にひこうきの本をおく。男の子はなんにも気づいていない。

自分《じぶん》のお気に入りの本を一さつも見つけられない人が、こんなにたくさんいるなんて。もし、わたしも学校でサメの本を見つけられていなかったなら。そんなこと、考《かんが》えるだけで苦《くる》しくなりそう。もしそうなってたら、サメのことをなんにも知《し》らなかったはずだから。それって、すごくひどいことだよね。自分自身《じぶんじしん》がサメなのに。

カウンターでは、あの司書《ししょ》さんがつまらない紙《かみ》をたくさん持《も》ってすわっている。ちょっと読《よ》んでから、ペンでなにかを書《か》いている。ときどきあくびをしてる。

図書館《としょかん》ではたらいているのに本を読《よ》む時間《じかん》がないなんて、すごくつらいね。この司《し》書《しょ》さんのために、わたしはこわい本を一さつ見つけた。これを読《よ》めば、あくびも止《と》まるよ。この人がコーヒーのおかわりを取《と》りにいくのを待《ま》って、こわい本を紙《かみ》の山の上におく。

おとなの本のところでは、おじさんとおばさんが手をつないで歩《ある》いていた。

ふたりのあとをつけて、ていさつする。

おばさんは、れんあいしょうせつをいっぱいかかえている。おじさんは、なんの本も持《も》っていない。

「それ、ぜんぶ読《よ》むの？　れんあいものなんて、ばかばかしい。赤いバラがほしい、なんてことだけは言《い》わないでくれよ」とおじさんが言《い》う。おばさんはなにも答《こた》えない。ただポケットからチョコレートを取《と》り出《だ》して、食《た》べはじめた。

「もうすぐ帰《かえ》れる？　きみはいつもぐずぐずしてるよな」とおじさん。

なんていじわるなおじさんだ。やさしくなることについての本を読《よ》んだほうがいいよ。強《つよ》くてやさしいクマのバムセのマンガとかさ。でも、いまのわたしは、おばさん

になにかを見つけてあげたい。なにかいいもの、はらがたっているときに読《よ》めるものを。そして、ついに見つけた。空手《からて》の本だ。おばさんには必要《ひつよう》かもしれない。おじさんがずっとあの調子《ちょうし》だったら。

こっそりわたすのはむずかしい。でも、おばさんが本だなで本をさがしはじめて、おじさんがスマホをいじっているときがチャンスだ。おばさんの本の山のいちばん上に、空手《からて》の本をさっとおく。おばさんはぜんぜん気づかない。わたしは急《いそ》いではなれて、本だなの後《うし》ろにかくれた。おじさんの声《こえ》が聞《き》こえてくる。

「これ、なんだよ？ 空手《からて》？ きみがやってるところ、見てみたいもんだな」おじさんはそう言《い》って、大きな声《こえ》でわらう。

「なによ？ あなた、気をつけておきなさいよ。あたし、ほんとに空手《からて》をするかもしれないし」おばさんはそう答《こた》えた。

おじさんはわらうのをやめる。びっくりしたような顔《かお》をしている。

あのおばさん、家《いえ》に帰《かえ》ったらすぐ、空手《からて》の練習《れんしゅう》をはじめればいいな。

「下かん、見つかった?」わたしがもどると、アミーナがたずねてくる。

わたしは頭《あたま》をふって、またアミーナのとなりにすわる。

「あたしがきいてあげるよ」とアミーナは言《い》う。「もしも、そうしてほしければ、ってことだけど」

アミーナは、しんせつにしてあげよう、と思《おも》ってるだけ。わたしは図書館《としょかん》でたずねるのがすきじゃないって、知《し》ってるからね。それなのに、あのおこったサメっぽい気《き》持《も》ちになってしまう。だれかにたずねてもらうなんて、そんな必要《ひつよう》ない。たずねなくていい。いやだ。

「いいよ」とわたしは答《こた》える。

いやな感《かん》じにならないようにする。でも、サメは自分《じぶん》でやりとげたいんだ。読《よ》まずに本のページをめくっていく。まだあのいかりがのこっている。ためいきが出る。下かんをすごく読《よ》みたいんだよ。サメだって、ときどきはたすけてもらう必要《ひつよう》があるのかもしれない。

「じゃあさ、きいてくれる?」とわたしはたずねる。

「もちろんだよ」アミーナはそう答《こた》えると、むこうのかしだしカウンターへ歩《ある》いていった。

アミーナがわたしのためにしゃべってくれるのは、ほんのたまに、だ。だけど、おとなは、わたしとアミーナを見ると、いつもアミーナがわたしのせわをしていると思《おも》いこむ。わたしがおとなしいから。「お友《とも》だちのおせわをしてあげるなんて、やさしいね」って、アミーナに言《い》うんだ。

帰《かえ》り道《みち》、自《じ》転《てん》車《しゃ》のかごの中で本がぴょこんぴょこんとはねている。あのぼうけんの本を上下かんともかりたんだ。アミーナがたずねると、あの司《し》書《しょ》さんは下かんを見つけてくれた。アミーナの自《じ》転《てん》車《しゃ》かごには、建《たて》物《もの》のかきかたの本が入っている。アミーナは自《じ》転《てん》車《しゃ》をこぎながら、本をちらちらと見ている。紙《かみ》や色《いろ》やペン、かくことを考《かんが》えているんだね。

団《だん》地《ち》の駐《ちゅう》輪《りん》場《じょう》のそばで、大きな声《こえ》が聞《き》こえてきた。

「おーい！　アミーナ！　待《ま》ってよ！」

団地《だんち》の子たちがこっちへ走《はし》ってくる。この団地《だんち》にすんでいて、ほとんど毎日《まいにち》、外《そと》で遊《あそ》んでるグループだ。何人《なんにん》かは高学年《こうがくねん》で大きいけど、あとはわたしとアミーナと同《おな》じくらい。このグループ、前《まえ》は、わたしに向《む》かって大声《おおごえ》をあげたり、くすくすわらったりしていたんだよ。アミーナがここへひっこしてきて、わたしの友《とも》だちになる前《まえ》のことだけど。いまはもう、くすくすわらったりしない。アミーナは、団地《だんち》の子全員《ぜんいん》と顔《かお》見知《みし》りだ。みんな、アミーナと友《とも》だちになりたいんだよ。

「やあ、アミーナ!」グループの子たちがさけぶ。「と、アミーナの友《とも》だち」

この子たち、わたしの名前《なまえ》をぜったいにおぼえない。わたし、生まれてからずっと、この団地《だんち》にすんでるんですけど。アミーナは、たったの一年しかすんでいないのに。

「アミーナ、いっしょに丘《おか》にいかない？　みんな、いくんだよ」

アミーナは頭《あたま》をふる。

「なんで？　なにするの？」

「べつになんにも」

「おいでよ。家《いえ》にいるだけなんて、ダメだよ」

だれかが遊《あそ》ぼうというと、アミーナはいつも、うん、って言《い》う。たぶんひとりになりたいと思《おも》っているときでも。アミーナはよく「うん」って言《い》う。ほんとは「いいえ」と思《おも》っているのに。わたしだったら、ひとりになりたいときは「いいえ」って言《い》うけどな。

「あたしたちもいく?」アミーナはわたしにたずねる。

わたしは頭《あたま》をふる。

「来《き》てよ、アミーナ」とグループのみんなが言《い》う。

アミーナは答《こた》えない。自転車《じてんしゃ》かごの中にある、建物《たてもの》のかきかたの本を見ている。わたしを見て、みんなを見て、それからまたわたしを見る。たすけてほしいんだ。サメのたすけがほしいんだ。

わたしは、自転車《じてんしゃ》かごからぜんぶの本を取《と》り出《だ》した。わたしの分《ぶん》も、アミーナの分《ぶん》も。そして、建物《たてもの》の本をアミーナにわたすと、アミーナのうでに手をかけた。それから、アパートのげんかんに向《む》かって何歩《なんぽ》か進《すす》んだ。アミーナはゆっくりとわたしについてくる。

「その子の家《いえ》で遊《あそ》ぶの？」グループのみんながたずねる。

アミーナはうなずく。わたしもうなずく。遊《あそ》ぶわけじゃないけどね。アミーナは自《じ》分《ぶん》の家《いえ》に帰《かえ》るし、わたしも自分《じぶん》の家《いえ》に帰《かえ》る。

「あっ、そう。わかったよ。じゃあね、アミーナ」

みんなは走《はし》っていってしまう。アミーナがげんかんの暗証番号《あんしょうばんごう》をおして、ドアを開《あ》ける。

「ひとりでいたいときも、あるよね」中に入ってから、階段《かいだん》のところでアミーナがそう言《い》った。

「だよね」とわたしは答《こた》える。

「じゃあ、うちに帰《かえ》るね」とアミーナ。

わたしもうなずく。「バイバイ」

せわをしているのはわたしのほう、っていうときも、たしかにあるんだよ。

12

次《つぎ》の日の朝《あさ》、目がさめると考《かんが》えた。いよいよだ。三者面談《さんしゃめんだん》はもうすぐだし、それまでに、先生はサメのことを勉強《べんきょう》しておかなくちゃいけない。「サメだということを先生に見せるんだ」とサメは言《い》っていた。それなら、わたしにもちゃんとできるはず。かべにはったポスターのサメたちも、さんせいしているように見える。

三者面談《さんしゃめんだん》ではどんなふうにするのか、それは知《し》ってるよ。アミーナは、もう自分《じぶん》の学校で三者面談《さんしゃめんだん》をすませたんだ。先生と親《おや》と子どもが、教室《きょうしつ》でいっしょにすわって話《はな》すんだよ。子どもがうまくやっていることと、うまくやっていないことについて。その子をてだすけするために。もしも算数《さんすう》が苦手《にがて》だったら。それか、いじめられていたら。それか、ふつうじゃないくらいおとなしかったら。でも、先生やママのたすけなんて、わたしはべつにほしくないよ。ふたりは、わたしにやくそくさせたがるはず。

手をあげて大きな声《こえ》で話《はな》すことを。指《ゆび》きりもしてほしい、って思《おも》うかもしれない。

二対《たい》一になっちゃうよ。

三者面談《さんしゃめんだん》で、アミーナは体《たい》そう服《ふく》のふくろをわすれないようにするって、やくそくさせられた。そのあと、もう二回《かい》もわすれてる。

もしかすると、先生って人たちになにか新《あたら》しいことをわかってもらうのは、むずかしいことなのかもしれないね。だって、先生って、はじめからなんでもわかってるはずなんだから。なのに、わたしの先生は、サメがどういうものなのか、なんにも知《し》らないんだ。先生が知《し》らないことをわたしが知《し》ってるって、へんなの。

今日《きょう》の学習《がくしゅう》は、ずっとグループワークだった。どのグループも、海《うみ》についてのパネルを作《つく》る。わたしは、セッベとミーオといっしょのグループになった。セッベがいるのに、このグループはおちついていた。セッベは集中《しゅうちゅう》して文章《ぶんしょう》を書《か》いているし、ミッラといっしょじゃないときのほうが、やさしい。それから、ミーオがまっさらの自分《じぶん》のフェルトペンを取《と》り出《だ》してきた。わたしたちは、きれいな魚《さかな》をたくさんかいた。

パネルを作《つく》りながら、だいじなことを考《かんが》える。ろうかへのドアは開《ひら》きっぱなしだ。あの上のほう、天井《てんじょう》には、白くて丸《まる》いはこがある。火災警報器《かさいけいほうき》だ。三者面談《さんしゃめんだん》がはじまるぞ、っていうときに、あの火災警報器《かさいけいほうき》を鳴《な》らせたらなあ。わたしにはできるぞ。ピーピーと大きな音が学校じゅうでひびいていたら、

三者面談《さんしゃめんだん》はできないはず。ママと先生がどんなに大きな声《こえ》で話《はな》しても、聞《き》こえないからね。それに、大きな声《こえ》で話《はな》しなさいって、わたしに言《い》うこともできないし。しかも、急《いそ》いで外《そと》に出なくちゃいけなくなる。たとえ火事《かじ》じゃなかったとしても。

でも、火災警報器《かさいけいほうき》は、鳴《な》らしてはいけないものだ。ぜったいにダメ。マリアムとエーリンの学校では、ときどき男子のグループがふざけて火災警報器《かさいけいほうき》を鳴《な》らすんだって。休み時間《じかん》がもっとほしいときに。アミーナがそう話《はな》してくれた。

ぜんぶの学校にタコ警報器《けいほうき》があったほうがいいよ。タコがふえすぎると、プーッと鳴《な》りはじめるんだよ。それか、先生がだれかをむりやりタコにしようとするときに。ざんねんだけど、そういう警報器《けいほうき》はない。

先生にわかってもらうための、たったひとつの方法《ほうほう》、それは先生と話《はな》すこと。それで、自分《じぶん》をかえたくない、って言《い》うんだ。この方法《ほうほう》はとってもむずかしい。わたしはおとなしくしていたい、しゃべりたくないんだからね。でも、やらなくちゃいけない。今日《きょう》こそ。

「先生、消《け》しゴムがどっかにいっちゃった！」教室《きょうしつ》のむこうがわで、ミッラがさけんでいる。

先生はなんにも言《い》わない。

「先生、サンゴしょうって、どんな字を書《か》くの？」ミッラはさらに大声《おおごえ》を出す。

ミッラがあんなに大きな声《こえ》を出していると、わたしは、考《かんが》えることも書《か》くこともできなくなるんだよ。

「ミッラ、手をあげなさい」先生はそう言《い》った。

ミッラは、ほぼぜったいに、手をあげない。自分《じぶん》のグループのパネルにも、なんにも書《か》いていない。ただすわって、しゃべってるだけ。

「ねえってば！」

先生は、シッと言《い》うと、ひらひらと手をあげているエルカンをてつだいにいった。

休み時間《じかん》になると、みんなはいきおいよく校庭《こうてい》にとびだす。先生が職員室《しょくいんしつ》へいってしまう前《まえ》に、話《はな》さなくちゃ。足は重《おも》く感《かん》じられるけど、先生のつくえに向《む》かって、むりやり体《からだ》を動《うご》かす。先生は宿題《しゅくだい》の丸《まる》つけをしている。

「あのね」とわたしは話《はな》しかける。

先生は聞《き》いていない。ただ作業《さぎょう》をつづけている。

わたしはせきばらいをする。

「ああ、イェニー、そこにいたのか。聞《き》こえなかったんだ。小さなトガリネズミみたいに、しのびよってくるね」

トガリネズミ、だって。先生がわたしのこと、トガリネズミって言《い》ったよ。先生はやさしくわらっていて、メガネは鼻《はな》のずいぶん下までずりおちている。それなのに、いじわるになるんだね。もうしゃべりたくないよ。わたしは少《すこ》しあとずさる。

「なにかあった?」

わたしはぶんぶんと頭《あたま》を強《つよ》くふると、ドアのほうへにげだす。

先生と話《はな》すのはむりだ。大きな声《こえ》で話《はな》したくないって話《はな》せるようになるには、大きな声《こえ》で話《はな》さなくちゃいけない。そんなのおかしいし、ほんとにばかみたい。そんなこと、わたしはしたくない。

13

ママのお客《きゃく》さんは、まだ階段《かいだん》にいても、やってきたのがわかる。親友《しんゆう》たちがやってきた。あの人たちが来《く》ると、いつもにぎやかなんだ。ママと親友《しんゆう》たちは、いつもキッチンに何時間《なんじかん》もすわっている。さけんだり、わらったり、じょうだんを言《い》ったり、大きな声《こえ》で話《はな》したりして。おとなりさんたちは、うちにお客《きゃく》さんが少《すく》なくとも二十人は来《き》た、と思《おも》ってるはず。

げんかんでわたしを見ると、親友《しんゆう》たちはうれしそうな顔《かお》をする。

「こんにちは、かわいいイェニー！　会《あ》えてうれしいな！　あたしたちのかっこいい本の虫！　いま、なにかいい本、読《よ》んでる？　うわあ、大きくなったねえ。今日持《きょうも》ってきたおいしいもの、見せてあげるからね」

親友《しんゆう》たちは、すごくいっぱい、すごいスピードでしゃべるから、こっちは答《こた》えるひまがない。ちょっと耳がいたくなってくる。だけど、みんなやさしいから、だいじょうぶ。それに、この人たちが来《く》ると、ママはいつもすっごくよろこぶんだ。ママと親友《しんゆう》たちは、たくさんの料理《りょうり》をテーブルにならべる。わたしの席《せき》も用意《ようい》してある。

「イェニー、すわって！」と親友《しんゆう》たちがさけぶ。

「ひとっ走《ぱし》りして、アミーナをつれてくる？」とママがたずねてくる。

「家族全員《かぞくぜんいん》、つれてきなさいよ！」と親《しん》友《ゆう》たち。

わたしは頭《あたま》を横《よこ》にふる。

「部屋《へや》にいって、本を読《よ》みたい」とわた

しは言《い》う。
ママは心配《しんぱい》そうな顔《かお》をする。
「ひとりぼっちで？　でも、おたのしみの夕食《ゆうしょく》会《かい》なんだよ？　アミーナとケンカしたの？　だったら、キッチンでママたちといっしょにいたら？　おなか、ちょっとはすいてるんでしょ？」
　そりゃあね。もちろん、おなかはちょっとすいてるよ。それに、ママがこんな目をしているのはいやだ。わたしはいすをひいて、テーブルのそばにすわる。おしゃべりが部屋《へや》じゅうにわんわんとひびく。「ぺちゃくちゃエビぺちゃくちゃクッキーぺちゃくちゃソフトチーズぺちゃくちゃソーセージぺちゃくちゃチーズソースぺちゃくちゃマネーぺちゃくちゃドリルぺちゃくちゃバイキングラインペちゃくちゃワンピースぺちゃくちゃ」ママと親友《しんゆう》たちが話《はな》している。

　食《た》べながら、あのぼうけんの本のことを考《かんが》える。上かんは、もうほとんど読んでしまったんだ。大急ぎでごはんを口につめこむ。親友《しんゆう》たちとごはんを食《た》べると、時間《じかん》がかかる。いろいろたずねてくるからね。わたしはだいたい、頭《あたま》をたてか、横《よこ》にふる。でも、ごはんとおしゃべりは、ほんとにもうじゅうぶんなんだ。わたしは、さいごのひとくちをもぐもぐとかんで、ジュースをのみほす。

「もういいの？　パイ、もうちょっと食《た》べない？」とママが言《い》う。

「おなかいっぱいだよ」

　わたしはそう答《こた》えると、いすからとびおりてキッチンをとびだす。ママがもっとなにかを言《い》う前《まえ》に。

　ねころんで本を読《よ》みながら、キッチンにいるおばさんたちのわらい声《ごえ》を聞《き》くのは、気持《きも》ちがいいね。部屋《へや》のドアは半分開《はんぶんあ》けてあるから、わらい声《ごえ》がちょうどいいくらいの大きさで聞《き》こえてくる。ママがいちばん大きな声《こえ》でわらってる。親友《しんゆう》たちがやってくると、ママはいっぱいわらうんだ。口の中がいたくなっちゃいそうなくらいに。

すぐに部屋《へや》のドアがノックされる。ママが顔《かお》をのぞかせる。

「ねえ、おじょうさん、ほんとに、ここでひとりぼっちでいるつもり？」

「わたし、本を読《よ》んでるから」

「そんなことしてないで、出てきて、わたしたちとおしゃべりしない？」

「わたしは本が読《よ》みたいんだよ」

「ちょっとアミーナのところへいってきたら、楽《たの》しいかもよ？　ハッサンに電話《でんわ》してあげてもいいよ」

わたしはなにも言《い》わない。もう何回《なんかい》も「いいえ」と言《い》ったから。ママはドアのところに立ったまま、わたしを見ている。おでこには、あのしわ。すごく心配《しんぱい》しているん

だ。こわがってるといってもいいくらい。〈サメきょうふ〉だ。

わたしは本を下におく。

「こんなにひとりぼっちで」ママがつぶやく。

「すきなんだよ。ひとりで本を読《よ》むのが、わたしはだいすきなの」

「それに、かべの、あのおこったサメたち。すごくおそろしい顔《かお》してる」ママはそう言《い》ってとてもこわがっていたので、立ちあがって、ちょっとぎゅっとしてあげなくちゃいけなくなった。

「かなしくならないでね」ママはそう言《い》って、わたしを強《つよ》くだきしめかえす。

かなしくなんて、なってないよ。

「キッチンにおいで、ケーキがあるから。こんなところで、つまんないことしてないで」

わたしはママについていく。だれだって、お母《かあ》さんにこわがってほしくないよね。

キッチンに入ると、ママはまたわらい声《ごえ》をあげて、ほほえんでいた。

ママは、すごくたくさんのことをやってのける。ほかのお母《かあ》さんたちが〈クッキーきょうふ〉になってるとき、ママはクッキーを一気《いっき》に五まいも食《た》べてしまう。仕事《しごと》では注射《ちゅうしゃ》もするし、血《ち》を見てもこわがらない。ミステリードラマだって見ようとするんだよ。

だけど、ママはサメをこわがってる。すっごくこわがっているんだ。

14

あの下のほう、地上《ちじょう》にいる人間《にんげん》は、みんな小さい。わたしたち、アミーナとわたしは、アミーナの家《いえ》のバルコニーですわっている。今日《きょう》は土曜日《どようび》、すきなことをできる日だ。だから、わたしたちはただすわって、人間《にんげん》かんさつをしている。上のほうからだとかなり遠《とお》くまで見えるし、だれにも気づかれずに見ることができるんだ。団地《だんち》グループの子たちは、しばふでボール遊《あそ》びをしている。犬が一ぴき、ほえている。となりのおばさんは、むこうの道路《どうろ》ぞいで車のそうじをしている。

「このあと、自転車《じてんしゃ》でおじいちゃんちにいく?」とアミーナがたずねる。

わたしは頭《あたま》をふる。

「おばあちゃん博物館《はくぶつかん》に、うんざりなんだ」

「だよね。家《いえ》の中に入ろうとしたら、古《ふる》いものをぜんぶ乗《の》りこえていかなきゃいけないもんねえ」

アミーナは、わたしといっしょに、確実《かくじつ》に千回《かい》くらいはおじいちゃんの家《いえ》にいってる。おじいちゃんは、ちょっとアミーナのおじいちゃんみたいにもなってる。アミーナにも自分《じぶん》のおじいちゃんはいるけど、すごく遠《とお》くにすんでるからね。

「ちょっとくらいのおばあちゃん博物館《はくぶつかん》は、すてきだよ」わたしは話《はな》す。「でも、家《いえ》じゅうはダメだよ。それに、本をぜんぜん読《よ》んでくれないんだ」

「おばあちゃんが死《し》んじゃって、ざんねんだね」とアミーナ。

「うん。おじいちゃんは、おばあちゃんが

いなくてさびしいんだ。百年近《ちか》く、けっこんしてたからね」

「ひゃくねん?!」アミーナが大声《おおごえ》をあげる。

「わかったよ、五十年。とにかく、すっごく長《なが》いあいだだよ」

「新《あたら》しいおくさんを見つければいいんだよ。うちのお母《かあ》さんが知《し》ってるおばさんはすっごくお年よりだけど、新《あたら》しいおじさんを見つけたよ」

「おじいちゃんは、新《あたら》しいおくさんをほしいわけじゃないんだよ」

「そうだね、ほしいはずないよね。でも、写真《しゃしん》のアルバムを見てるだけじゃなくて、なにかべつのことをはじめなくちゃ」

「うん。でも、なにを? それに、どうしたら、そうできるかなあ?」

ふたりで、いいアイデアを考《かんが》えることにした。アミーナは、しゃべりながら考《かんが》えるのがとくいだ。わたしは、しずかにしながら考《かんが》えるのがとくい。そうしていると、自《じ》分《ぶん》の考《かんが》えていることが大きくなっていく。大きな海《うみ》の波《なみ》のように。でも、いまはまだ、うまくいかない。

「おとなはみんな、しんせんな空気がいい、って言《い》うよ」アミーナが言《い》う。「おじいちゃんに必要《ひつよう》なのは、それかも」

わたしは、体全体《からだぜんたい》で考《かんが》えようとしてみる。しんせんな空気。おじいちゃんには、おばあちゃんの庭《にわ》があるよね。でも、ぜんぜん庭《にわ》に出ないもんなあ。ちょっとだましちゃうくらいでも、いいのかも。

カッシャーン。その音にわたしはとびあがる。アミーナと顔《かお》を見合《みあ》わせる。それから、ふたりで下を見る。あの子たちだ。ボールでまどをこわしちゃったんだ。おこったおじさんが、三階《かい》から頭《あたま》をつき出してさけんでいる。そのとき、わたしは思《おも》いついた。おじいちゃんは、庭《にわ》に出たほうがいい。しんせんな空気をすって、いまよりうれしくなって、一日じゅうおばあちゃんのことを考《かんが》えるのをやめるんだ。どうすればそうさせられるのか、はっきりわかったぞ。

「え？　あたしたち、そんなことするの？」わたしが計画《けいかく》を話《はな》すと、アミーナはそう言《い》った。

「わたしはやってみるよ」

「わかった。いっしょにやるよ」

やることがいっぱいある。いますぐはじめたほうがいい。

「あたしとイェニー、ちょっと自転車《じてんしゃ》に乗《の》ってくるだけだからね」リビングでテレビゲームをしているマリアムのそばをかけぬけながら、アミーナはさけんだ。

「わかった。でも、中心地《ちゅうしんち》にいっちゃダメだよ」とマリアムがさけびかえしてくる。


アミーナとわたしは、〈海《うみ》の世界《せかい》〉へいく。いや、ほんとはそうじゃないけど、だいたいそう。〈海《うみ》の世界《せかい》〉の外《そと》にあった、あのコンテナへいくんだ。でも、もうあそこになかったら、どうしよう？　自転車《じてんしゃ》を取《と》りにいくために団地《だんち》を通《とお》りぬけていると、あのおこったおじさんがまだ大声《おおごえ》を出していた。あの子たちはもうにげて、かくれてしまっている。

できるだけはやく自転車《じてんしゃ》をこぐ。コンテナはまだあった。

「すっごく気持《きも》ち悪《わる》いにおいがする」アミーナが言《い》う。「うわあ、ガラスのかけらがいっぱいだよ」

アミーナはガラスのかけらをよけて歩《ある》いている。自分《じぶん》のことがばかみたいに思《おも》えてくるよ。

「ネコがこっそり入っちゃったら、たいへんだよね。足をけがしちゃうじゃない」

アミーナは話《はな》しつづける。

ガラスのかけらは、ほんとにものすごくたくさんあった。おぼえていたよりも、多《おお》かった。ふたりで花びんを集《あつ》めはじめる。どうせすててあるんだもん。だれもほしがらないよ。

「すごくきれいだね」

「うん。おばあちゃんなら、よろこんだはずだよ」

「イェニーって、ちょっとおかしいよね」アミーナはそう言《い》って、くすくすわらう。

「おじいちゃんの家《いえ》に、古《ふる》いものをもっと持《も》っていこうとするんだもん」

「うん、だよね」そう言《い》って、わたしもくすくすわらいかえす。

いちばんいいアイデアっていうのは、かなりおかしなものなんだ。大きく考《かんが》えると、おかしなことを思《おも》いつく。おかしなことは、すっごくうまくいくんだ。

RE

花びんを自転車《じてんしゃ》かごの中に入れる。できるだけたくさん、入れられるだけ。

「自転車《じてんしゃ》、ゆっくりこがなくちゃ。こわれないように」とアミーナが言《い》う。

わたしはうなずく。でも、まだ出発《しゅっぱつ》できない。やることがのこっている。

「ちょっと待《ま》ってて」わたしはアミーナによびかける。

コンテナにもどる。鉄《てつ》のとびらは大きく開《ひら》いたままだ。重《おも》そうだな。わたしはドアをおしはじめた。ちょっとしか動《うご》かない。でも、わたしは力持《ちからも》ちなんだ。

「これをしめておかなくちゃ。だれも足をけがしないように」わたしはアミーナにそう言《い》った。

アミーナは自転車《じてんしゃ》をとびおりて、こっちへとんでくる。そして、いっしょにとびらをおしはじめた。すごく長《なが》い時間《じかん》、すごく強《つよ》くおしたし、何回《なんかい》もいきおいをつけた。バーンという音をたてて、やっと、とびらはしまった。これでもう、だれも足をけがしないね。ネコも、人間《にんげん》も。

わたしは、サメみたいにきけんになれる。でも、きけんにはなりたくないんだ。

15

おじいちゃんの家《いえ》の門《もん》から中へ入って、庭《にわ》を自転車《じてんしゃ》で通《とお》っていく。ゆっくりこぐのはむずかしい。

「もしいやだったら、いっしょに来《こ》なくてもだいじょうぶだよ」わたしはアミーナにそう声《こえ》をかける。「花びんだけくれたらいいから」

「なに言《い》ってんの。いこう！」

アミーナは、花びんをいくつかかかえて、家《いえ》のドアに向《む》かっていく。わたしは追《お》いかけた。

「見たことない花びんがいっぱい、そこらじゅうにあったら、おじいちゃん、びっくりするんじゃないかな？」とアミーナ。

「だいじょうぶ。おじいちゃんはいつも、古《ふる》いものを取《と》り出《だ》してきているんだよ。

どれかのはこに入っていたのを自分《じぶん》で見つけたんだ、って思《おも》いこむはずだよ」

今日《きょう》はドアをノックしない。そうっとドアをあけて、耳をすませる。リビングルームからは、いびきが聞《き》こえてくる。すごくラッキー。ふたりで、そうっと中に入る。

「ほんと、かたづけたほうがいいよ」アミーナがささやく。

ここへ来《く》るたびに、アミーナはそう言《い》うんだ。しばらくふたりでじっとしたまま、たくさんの古いものたちをながめる。おばあちゃんの古《ふる》い花びんのひとつが、まどべにある。その横《よこ》に、持《も》ってきた花びんを三つならべる。アミーナは、テーブルに三つおいた。それから、ふたりで外《そと》に出て、花びんをさらに持《も》ってくる。わたしは、家《いえ》の中をサメみたいにしずかにそうっと歩《ある》く。ゆかはギシッとも鳴《な》らない。サメは、見つからないようにするのがとくいなんだ。すぐに、タンスの上も、本だなも、キッチンも、花びんでいっぱいになった。アミーナは、おふろにも一つおいていた。

「できた?」アミーナがたずねてくる。

わたしはうなずく。

「おじいちゃんのところへいって、起《お》こす?」

「ううん。ドアでバーンと音をたてるんだ。そうしたら、わたしたちがここへ来《き》たばかりだって、おじいちゃんは思《おも》いこむから」

ふたりでまたげんかんにいく。わたしはアミーナを見てから、大きな音でドアをしめなおす。**バーン**。とたんに、おじいちゃんの声《こえ》がリビングから聞《き》こえてくる。

「いらっしゃい、イェニー！　さあ、コーヒーとおかしにしよう！」

心《しん》ぞうがどきどきする。計画《けいかく》どおりにいきますように。

ふたりでおじいちゃんのところへいく。

「アミーナちゃんも来《き》てくれたのか。うれしいね」わたしたちを見ると、おじいちゃんはそう言《い》った。「ちょうどいま、ちょっとこしをおろして、写真《しゃしん》を見ていたところでな」

でも、おじいちゃんはそんなことしてなかった。おじいちゃんはねてたって、わたしたちは知《し》ってるよ。

「ほら、おじょうちゃんたち、このはこの中で見つけたものを見てごらん。このワンピースは、おばあちゃんがわかいときに着《き》ていたものなんだ」

「すてきだろ？」おじいちゃんがそう言《い》いながら持《も》ちあげてみせたのは、すっごくみっともない茶色《ちゃいろ》のワンピースだった。

「イェニー、大きくなったら、あげるからね」

アミーナがくすっとわらう。

「じゃあ、コーヒーをいれよう」おじいちゃんはそう言《い》うと、キッチンへいこうと立ちあがる。アルバムはかかえたままだ。とつぜん、おじいちゃんは足を止《と》める。リビングのテーブルの上には、大きな花びんが三つ。おじいちゃんは部屋《へや》の中を見まわす。そこらじゅうに、からっぽの花びん。

「ありゃ、なんてたくさんの花びんだろう」とうとうおじいちゃんはそう言《い》った。

「これはぜんぶ、おばあちゃんの花びん？　いままでずっと、こんなところにあったのかな？」

「うん、ずっと、ここにあったじゃない。おぼえてないの？」わたしはそう言《い》う。

「わすれっぽくなってきているな。でも、おばあちゃんは花びんがすきだった。それはたしかだ」

「おじいちゃん、アルバムを見すぎなんだよ。だから、ぜんぶの花びんに気がつかなかったんだね」とアミーナも言《い》う。

「かんべんしてくれ。そんなことはないといいんだが」おじいちゃんがつぶやく。

「しんせんな空気が必要《ひつよう》なんだよ」アミーナがきっぱりと言《い》う。

「どの花びんにもきれいな花がかざってあったら、おばあちゃんはすごくよろこぶだろうね」とわたし。

「庭《にわ》から花をつんでくればいいよ」とアミーナ。

おじいちゃんはうれしそうな顔《かお》になった。そして、うなずいて、まどの外《そと》を見た。それから、かなしそう

な顔《かお》をした。

「だがなあ。庭《にわ》は草だらけだ」

「おじいちゃんがなんとかすればいいんだよ」わたしは言《い》った。「花を育《そだ》てて、草をかるの。それで、ぜんぶの花びんに花をかざるんだよ」

「いやあ、そういうことは、わたしはできないんだ」おじいちゃんはそう言《い》って、頭《あたま》をふる。「おばあちゃんだけが、できたんだよ」

「やってみたことはあるの？」アミーナがたずねる。「自分《じぶん》でわかってないだけで、すっごくじょうずかもよ」

「そうだよ。おじいちゃんは練習《れんしゅう》していないだけなんだから」とわたしも言《い》う。「この庭《にわ》で練習《れんしゅう》すれば、じょうずになるよ」

「うーん、どうかなあ」

おじいちゃんはあごをかいている。そしてまた、まどの外《そと》を見ている。

「だが、たしかに、ためしたことはなかったんだ。やってみるべきかもしれないな。おばあちゃんのために」

おじいちゃんは、アルバムを本だなにもどした。

「で、さっき言《い》ってたおかし、どうなったの？」アミーナがたずねる。

「そうだった！　いや、おまえさんたち、キッチンにいって、自分《じぶん》たちで用意《ようい》できるね？」おじいちゃんはそう言《い》うと、庭《にわ》へ出ようとドアを開《あ》けた。「ちょっと見てこなければ」

おじいちゃんはいってしまった。

アミーナとわたしはわらいあう。

「うまくいったね！」アミーナがさけぶ。


わたしたちは冷《れい》とう庫《こ》でシナモンロールを見つけて、電子《でんし》レンジであたためた。まどの外《そと》では、おじいちゃんが庭《にわ》をいったりきたりしているのが見える。いろんなものをすごくじっくり調《しら》べている。地面《じめん》をつついたり、石を持《も》ちあげたり。しばらくすると、おじいちゃんはガレージのとびらを開《ひら》いた。おばあちゃんのスコップやバケツ、草かり機《き》、ぜんぶそこに入ってるんだ。おじいちゃんは、すごく長《なが》いあいだガレージ

の中にいた。ふたりでシナモンロールをいくつか食《た》べてしまえたくらいだ。とつぜん、ブルンブルンという大きな音が聞《き》こえてきた。見てみると、土と草がふきあがっている。わたしはアミーナを引《ひ》っぱり、ふたりで庭《にわ》に走《はし》り出た。

「庭《にわ》がこんなに楽《たの》しいものだったとはなあ！」おじいちゃんは、乗《の》っている草かり機《き》の音に負《ま》けないよう、大きな声《こえ》でさけんでいる。ほっぺたと鼻《はな》は真《ま》っ赤《か》だ。

「それに、このおんぼろのかわいこちゃんは、まだ動《うご》く。おばあちゃんが運転《うんてん》していたときは、いつもとてもあぶないものに見えていたが。いやあ、ほんとにおもしろいぞ！　おまえたちが大きくなったら、運転《うんてん》のしかたを教《おし》えてやるからな」

「わーお」とアミーナ。

おじいちゃんは、うれしそうにうなずく。

「ああ、すごく元気《げんき》になった気がするぞ」おじいちゃんはそう言《い》いながら、草かり機《き》からおりた。「しんせんな空気はすばらしい。家《いえ》の中にいすぎたんだなあ。この庭《にわ》は、おばあちゃんが生きていたときと同《おな》じくらい、すてきになるぞ！」

わたしは庭《にわ》を見まわす。あっちこっちで、土がこんもりしている。わたしたちがおやつを食《た》べているあいだに、おじいちゃんはもうすごくいっぱい作業《さぎょう》をしたんだね。

「明日《あす》は、たねと球根《きゅうこん》を買《か》ってこよう。うすむらさきのチューリップにしよう。花びんにかざるんだ。すてきになるだろう？」

わたしたちもさんせいだ。

「それから、ここにテーブルといすをおこうと思《おも》ってな」おじいちゃんは、家《いえ》の前《まえ》のしばふを指《ゆび》さす。

「イェニー、次《つぎ》に来《く》るときは、本を持《も》っておいで。そうしたら、この庭《にわ》で本が読《よ》めるからね」

わたしのサメの体《からだ》じゅうが、うれしく、あったかくなる。おじいちゃんをぎゅっと強《つよ》くだきしめる。トレーナーがどろだらけになった。

しんせんな空気、おじいちゃんにはまさにそれが必要《ひつよう》だったんだね。

16

おじいちゃんと花びんのことですっごくいそがしかったから、三者面談《さんしゃめんだん》への心配《しんぱい》をすっかりわすれていた。でも、それはきのうのこと。今日《きょう》は、ほかのことをなんにも考《かん》えられない。おなかがいたくなる。考《かん》えるのは、タコにならなくちゃいけないサメたちのこと。ひれのあいだから八本のタコのうでが生えたサメたちのこと。見た目がおかしくなるし、たぶんいたいよね。教室《きょうしつ》の席《せき》にすわって、大きな声《こえ》で話《はな》さなくちゃいけないサメたちのことを考《かん》える。サメに大きな声《こえ》でしゃべらせるなんておかしい、あのサメはそう言《い》っていた。うまくいくよ、って。でも、どうすればいいのかは、教《おし》えてくれなかった。

どうすれば先生にわかってもらえるのか、自分《じぶん》で思《おも》いつかなくちゃいけない。つくえの前《まえ》のいすにすわる。ママは、キッチンでカチャカチャと、なにかしている。目をつぶって、両手《りょうて》を耳に当《あ》てる。できるだけ大きな声《こえ》で考《かんが》える。考《かんが》えていることが頭《あたま》の中でさけびだしそうだ。でも、うまくいかない。いい考《かんが》えになるには、まだ足りない。三者面談《さんしゃめんだん》がこわすぎる。こわいっていう気持《きも》ちが、頭《あたま》の中をはねまわって、いい考《かんが》えのじゃまをする。だれかにたすけてもらわなくちゃ。あのサメなら、わたしをたすけられるかもしれない。ふたりでいっしょに考《かんが》えれば、二倍《ばい》のいい考《かんが》えになる。

もうほとんど日がくれていたから、〈海《うみ》の世界《せかい》〉は、ぜったいにもうしまってるね。でも、それでいいんだ。だれにも見られずに、うらぐちのドアから中に入れるから。それに、自転車《じてんしゃ》だってはやくこげる。夜《よる》のおやつの前《まえ》には、家《いえ》にもどってこられるくらいはやく。

自転車《じてんしゃ》のヘルメットをかかえようとしたとき、ママがげんかんにやってきた。

「こんなおそくに、出かけるの?」

「ちょっと自転車《じてんしゃ》に乗《の》るだけだよ」とわたしは答《こた》える。

それはたしかにそう。ちょっと自転車《じてんしゃ》に乗《の》るだけだ。それに、ちょっとサメとしゃべるだけ。

「わかった。でも、ほんの少《すこ》しだけね。すぐに暗《くら》くなるんだからね」

ならんだ家《いえ》の上に、ピンク色《いろ》の空が広《ひろ》がる。きれいだな。団地《だんち》グループの子の何人《なんにん》かが、むこうのブランコのそばで遊《あそ》んでいる。だけど、もちろんほとんどの子は、家《いえ》でごはんを食《た》べている。遊《あそ》んでいる子たちのそばを自転車《じてんしゃ》で通《とお》りすぎていく。あのサメに会《あ》ったことがあって、よかった。たすけて、ってべつのサメにおねがいできるのは、よかったよ。そうじゃなかったら、だれにたずねればいいのか、わからない。これについては、アミーナだってわたしをたすけられない。

コンテナのそばでブレーキをかける。かべに向かって自転車《じてんしゃ》をとめる。コンテナの後《うし》ろにそうっとしのびこんで、うらぐちのドアに向《む》かう。

ああ、うそでしょ。ドアを開《あ》けておくためにはさんだあの小さな石を、だれかがけとばしてしまっていた。でも、かぎがかかっているはずない。わたしはいま、この中に入らなくちゃいけないんだから。ドアノブをつかむ。開《ひら》かない。〈海《うみ》の世界《せかい》〉のドアには、かぎがかかっていた。

ドアにもたれてすわりこむ。コンテナの後《うし》ろは、きたなくて気持《きも》ち悪《わる》い。でも、そんなのどうでもいい。このドアの反対《はんたい》がわには、サメがいる。すっごく遠《とお》くにいる。サメに向《む》かってさけぶことは、わたしにはできない。大きな声《こえ》でさけぶのは、すきじゃないから。あのサメにはよく聞《き》こえるだろうけど、あのサメだって、大きな声《こえ》でわたしにさけびかえしはしないはず。ドアをノックしてもいいけど、こんなおそい時間《じかん》にはだれもいない。それに、あのダイバーは、わたしを中に入れてくれないだろうし。

あのサメにもう二度《にど》と会《あ》えなかったら、どうしよう。

17

学校への自転車《じてんしゃ》は、今日《きょう》はのろのろとしか進《すす》まない。教室《きょうしつ》に入ると、まっすぐに自《じ》分《ぶん》の席《せき》につく。サメの本を読《よ》むことさえ、今日《きょう》は楽《たの》しく思《おも》えないんだ。

みんながどんどん教室《きょうしつ》に入ってくる。あくびをしている子もいるし、うれしそうにしゃべっている子もいる。すぐに、一方《いっぽう》のかべの前《まえ》にみんなが集《あつ》まった。先週《せんしゅう》作《つく》ったパネルがはってあるんだ。みんなで大声《おおごえ》をあげて指《ゆび》さして、だれがどこを作《つく》ったのか、教《おし》えあっている。

「この青いの、なんだよお?」あるパネルの、色《いろ》がぐちゃぐちゃにぬってあるところを指《ゆび》さしながら、セッペが言《い》う。

「青いクジラ、シロナガスクジラに決《き》まってるよ!」とエルカンが言《い》う。「わかるでしょ」

「青いソーセージだよね！」とミッラがさけぶ。「クジラはそんなじゃないよ」

みんながわらって、青いソーセージを見ようと近《ちか》づいていく。見にいきたくないな。わたしたちのパネルはいちばん下、えんぴつけずりのそばにはってある。わたしとセッペは調《しら》べたことをたくさん書《か》いて、ミーオはていねいに絵《え》をかいた。わたしたちのパネルがいちばんすてきだよ。でも、わたしはパネルを見ずに、まどの外《そと》を見る。

先生がやってきても、全員《ぜんいん》が席《せき》につくまですごく時間《じかん》がかかった。一時間目《じかんめ》は、ずっとしずかに本読《ほんよ》みだ。

「楽《たの》しいびっくりがあるんだよ」一時間目《じかんめ》の終《お》わりに、先生が言《い》う。

先生はうれしそうだ。でも、わたしは先生をしんじない。ぜんぜん楽《たの》しいことじゃないでしょ。わたしは三者面談《さんしゃめんだん》をしたくない。三者面談《さんしゃめんだん》をやめられるのなら、楽《たの》しいびっくりだろうけど。

「明日《あす》、遠足《えんそく》にいくよ。何週間《なんしゅうかん》も、海《うみ》のことを勉強《べんきょう》したよね。そろそろこのテーマは終《お》わりだ。でも、みんながほんものの魚《さかな》を少《すこ》し見るのもいいんじゃないかと、先生

は思《おも》ったんだ。本の中だけじゃなくてね」先生はそう言《い》った。

「スーパーにいくの？」とミッラがさけぶ。

みんながわらう。先生もわらってる。

「ちがうよ、ミッラ。〈海《うみ》の世界《せかい》〉へいくんだよ」

わたしはペンをゆかに落《お》としてしまった。ペンはミーオのつくえの下を転《ころ》がって、見えなくなってしまう。

〈海《うみ》の世界《せかい》〉だって。聞《き》きまちがいじゃなくて？

「ぼく、いったことあるよ！」とエルカンが言《い》う。「すっごく大きな水族館《すいぞくかん》だよ」

先生がまんぞくそうにうなずく。

頭《あたま》の中がぐっちゃぐちゃになる。先生は、〈海《うみ》の世界《せかい》〉って言《い》った。ほんとにそう言《い》ったんだ。クラスみんなでいくのなら、うらぐちのドアにかぎがかかっていても、ぜんぜん問題《もんだい》ない。

ときどき、先生のことがものすごくだいすきになるんだ。いまはそういうとき。あのサメにまた会《あ》える。ほんとにすぐに。あしたにはもう、サメに会《あ》えるんだ。

その日、のこりのじゅぎょうはほとんど聞《き》いていなかった。サメのことだけを考《かんが》えていた。先生がしつもんしたときさえ、聞《き》いていなかったんだ。

「イェニー、ねてるのかい？　きみが答《こた》える番《ばん》だよ。クジラは魚《さかな》？　それとも、ほにゅうるい？」

クジラはほにゅうるいです、とわたしは答《こた》える。

「**大きな声《こえ》で！**」と先生。

「え？　え？　え？」とクラス全員《ぜんいん》が言《い》う。

わたしはもう一度《いちど》答《こた》える。さらにもう一度《いちど》。みんなに聞《き》こえるまで、何度《なんど》も言《い》わなくちゃいけない。いつものように。でも、もう今日《きょう》はいやな日じゃない。わたしとサメは、いっしょにしずかに話《はな》すんだ。あした。クラスのだれにも聞《き》こえないくらい、しずかにね。

18

次《つぎ》の日、目がさめたときに、さいしょに考《かんが》えたのは〈海《うみ》の世界《せかい》〉のこと。まだ目を開《あ》けてもいないうちからね。急《いそ》いで服《ふく》を着《き》る。かべにはったサメのポスターがわらいかけてくる。

キッチンにいるママに、後《うし》ろからそうっと近《ちか》づくと、ぱっととびだして、イーッとしかめっつらをする。サメみたいに歯《は》を見せる。

「たすけて！」ママはそう言《い》って、バターナイフを落《お》とす。

「おべんとうはなに？　わたし、サメのごはんしか食《た》べないよ」

「キュウリのサンドイッチよ。そんなふうに、おどかさないでよ！」

パンにパクッとかみつく。ココアを少《すこ》しのむ。今日《きょう》は、ママの〈サメきょうふ〉につきあってる時間《じかん》はないよ。今日《きょう》は、サメとの時間《じかん》し

かないんだもんね。

学校から〈海《うみ》の世界《せかい》〉に向《む》かうバスは、ゆっくりしすぎていた。ついに、横《よこ》に小さなたきがある青い建物《たてもの》が見えた。着《つ》いたんだ。

〈海《うみ》の世界《せかい》〉には、水そうとプールのある部屋《へや》がすごくたくさんある。べつのクラスも、先生といっしょにまわっている。それから、むこうのヒトデの近《ちか》くでは、何人《なんにん》かのかんこう客《きゃく》がスマホで写真《しゃしん》をとっている。いますぐ走《はし》っていきたい、サメの水そうへ。あのサメのところへ。でも、クラス全員《ぜんいん》でいっしょに歩《ある》かなくちゃいけない。

「魚《さかな》にエサをやるのは、ぜったいにダメだよ」先生が話《はな》す。

「病気《びょうき》になってしまうからね。エサをやってもいいのは、ここではたらいている人たちだけだよ」

先生は、通《とお》りかかったダイバーを指《ゆび》さす。足びれとシュノーケルをつけている。見おぼえがある。先週《せんしゅう》見たあの人だね！

水そうを見ようと、クラス全員《ぜんいん》がぎゅうぎゅうづめになる。

タツノオトシゴの水そうのそばでは、みんな、「うわあ、めちゃくちゃかわいい！」とさけぶ。ニシアンコウの水そうの前《まえ》では、みんな、「うげえ、めちゃくちゃブサイクな魚《さかな》！」とさけぶ。ピラニアの水そうでは、クラス全員《ぜんいん》が、少《すこ》しはなれたところでくっつきあっていた。ピラニアはとってもきけんなんだ。

「きみたちの小さな手や足を、よろこんでごちそうにするだろうね」と先生。

わたしたちは、いちばん小さな水そうへと進《すす》んでいく。ここはおぼえてるぞ。わたしたちは、サメのすぐ近《ちか》くにいる。

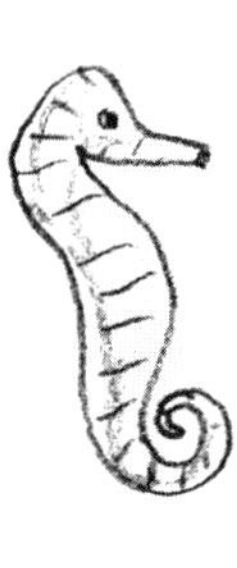

「さあ、ここに〈海《うみ》の世界《せかい》〉ごじまんの生《い》き物《もの》がいるんだよ。めずらしいイワガニだ。やってきたばかりなんだ」

そのカニは、小さくて、灰色《はいいろ》で、おもしろくない。このカニのことは、なにかの本で読《よ》んだことがあるし。みんなは水そうのまわりにむらがって、カニを見ようとしている。でも、わたしはがまんできなくなってきた。早くここを終《お》わりにできないか

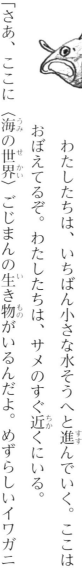

な？　ああ、つまんないカニ。むこうの、サメの水そうのあるほうを、じいっと見つめる。水そうの中で、なにか黒《くろ》っぽくて大きなものがいったりきたりしているのが見える。でも、ついに、そのときがきた。クラスみんなでサメのところへいくんだ。やっとだ。

サメは、水そうのおくがわでひとりで泳《およ》いでいた。クラスのみんなが近《ちか》づくと、さらにおくへ泳《およ》いでいく。みんながむちゅうになってガラスをたたいても、サメは気にしていない。サメはひとりで泳《およ》ぎたいものなんだ。わたしは、みんなのあいだをぬって、いちばん前《まえ》にいく。近《ちか》くへいくんだ。サメにわたしが見えるように。わたしにまた気がついてくれるように。

女の子の何人《なんにん》かは、サメがこわいこわい、と言《い》いあっている。いちばん前《まえ》に立っているのは、わたしだけ。ミッラはきょうみがあるみたい。もっと前《まえ》にいきたかったんだね。エルカンはこわがっているみたい。できればサメからはなれていたかったんだね。先生は、サメのことをいろいろ話《はな》しはじめた。

サメはわたしを見ていない。わたしは、サメだけに聞《き》こえるように、小さな声《こえ》でささやきはじめる。

「サメさん、わたしだよ。イェニーザメだよ」

セッペとエルカンが、わたしの少《すこ》し後《うし》ろに立っている。でも、わたしの声《こえ》は聞《き》こえていない。だけど、サメはすぐに動《うご》きを止《と》めた。そして、くるっと向《む》きをかえると、まっすぐにわたしを見た。

「イェニー。おまえさんを待《ま》っていたんだよ」

サメは、いきおいよく、こっちへ泳《およ》いでくる。

「たすけてー、おそってくる！」とセッペが大声《おおごえ》を出す。

サメは、わたしの目《め》の前《まえ》で止《と》まる。そして、するどい歯《は》をぜんぶむき出しにして、大きくにっこりわらった。わらうと、ちょっときけんな感《かん》じがする。クラスみんなが一歩《ぽ》後《うし》ろにさがる。

「こわくないの？」とミッラがたずねてくる。

わたしは頭《あたま》を横《よこ》にふる。もちろん、こわくなんてない。

「もどってきてくれたな」とサメがささやく。「もう来《こ》ないのだと思《おも》っていたよ」

サメのしずかな声《こえ》は、ほかのだれにも聞《き》こえない。

「ドアにかぎがかかっていたんだよ」わたしはささやきかえす。「がんばってみたけど、入れなかったの」

わたしとサメは、だまったままおたがいを見る。

先生はクラスのみんなを集《あつ》めようとしている。「それじゃあ、次《つぎ》はタコのところへいこう」

ほかの子たちは、先生についていく。わたしは、列《れつ》のいちばん後《うし》ろにつく。そして、みんなからじゅうぶんにはなれてしまうまで待《ま》ってから、急《いそ》いで反対《はんたい》のほうへ歩《ある》いていく。サメの水そうの、みんなから遠《とお》いほうのはしへ。ここだと、わたしからはクラスの子たちが見えるけど、みんなからはわたしが見えない。わたしがいなくなったことに、だれも気づいてさえいないみたい。おとなしくおだやかにしているのは、いいことだ。だれにも気づかれずに、そうっとかくれることができるからね。

「あれが、おまえさんの先生かね?」とサメがたずねてくる。

「うん」

「よくしゃべるな」

わたしはにっこりする。

「うちのクラスのタコのみんな、見た?」

「見たよ。タコはたくさんいた。タコの大《たい》ぐんの中で、たったひとりのサメでいるのは、かんたんなことではなかろう」

うん、あんまりかんたんじゃないね、とわたしは思《おも》う。

「では、教室《きょうしつ》からのがれることができたのだね?」サメは話《はな》しつづける。

「今日《きょう》だけね。あしたはまたもどらなくちゃいけないよ。それに、あしたが三者面《さんしゃめん》談《だん》なんだよ」

「おっと、もう明日《あす》なのか」サメはそう言《い》って、ためいきをつく。「どうなった？　サメがどういうものなのか、せつめいできたのかな？」

「先生はまだ、サメのことをなんにもわかってないよ！　先生にわかってもらおうとすると、すごく大きな声《こえ》でしゃべらなくちゃいけなくて、でも、わたし、それはしたくないし。先生はわたしに毎日会《まいにちあ》ってるんだから、わたしはタコじゃないって、気づくべきだよ」

「おまえさんの、そのするどい歯《は》を見せることはできないのかな？　そうすれば、わかるかもしれないぞ」

「何回《なんかい》もやってるよ！　先生は、すごくにっこりわらってるね、って言《い》うだけだよ」

「すごくにっこり、だと？　その歯《は》で！」サメは、おこったように先生がいるほうを見る。

「わたしをたすけてよ！」

「たすけるとも。いっしょになにか思《おも》いつこう。サメはどんなことでも解決《かいけつ》する。そうだろう？」

わたしはうなずく。でも、どういうふうにすればいいのか、わからないよ。

「おや、あっちを見てごらん」いきなりサメがそう言《い》った。「むこうで、なにかが起《お》きている」

先生とクラスのみんなが集《あつ》まって、あのダイバーをとりかこんでいる。みんな、しんけんな顔《かお》をしている。

19

わたしがやってきたことに、だれも気がつかない。なんだかおそろしいことが起《お》きたみたいだ。

「あのカニにエサをやって、それで、水そうをしめわすれたんです」とダイバーが説明《せつめい》している。

にげ出したのは、あのめずらしいイワガニだった。このダイバー、たしかにとってもわすれっぽいね。この前《まえ》は、うらぐちのドアをしめわすれていた。こんどはカニの水そうだ。

「ああ、あんなにめずらしいイワガニが」と先生が言《い》う。

「かわいそうなカニ」とディーラン。

「こわいよ！　かみついたら、どうしよう！」ミーオがさけぶ。

ミーオとエルカンは、ベンチの上にとびあがる。カニがいないか、ふあんそうにまわりを見ている。

「いや、あのカニは、人間《にんげん》にとってはきけんじゃないんです」とダイバーが話《はな》す。

「あぶないことになっているのは、カニのほうなんです」

「早く見つけないと。でも、どうやって?」と先生。

すると、みんながしゃべりはじめた。大きな声《こえ》の早口で、しかも、いっせいにしゃべっている。

「全員《ぜんいん》で、わかれてさがそう!」

「いや、小さいグループにわかれて、いっしょにさがすんだ」

「カニをふんづけちゃったら、どうしよう」

「電話《でんわ》しなくちゃ、けいさつしょに! しょうぼうしょに! カニれんらくしょに!」

「それか、動物病院《どうぶつびょういん》に。すごく親切《しんせつ》だよ。前《まえ》に、うちの犬を手当《てあ》てしてくれたよ」

みんなが大声《おおごえ》でしゃべっているあいだに、わたしは頭《あたま》の中でだいじなことを考《かんが》えはじめる。あのカニについて、本で読《よ》んだことを思《おも》い出《だ》してみる。――**イワガニは陸《りく》の上では短《みじか》い時間《じかん》しか生きることができません。エラがぬれているあいだしか生きられないのです**――つまり、時間《じかん》がない、ってことだ。あのカニはすぐにかわいてしまう。わたしはさらに考《かんが》える。そうだ。イワガニは、岩《いわ》かげにかくれるのがすきなんだ。

みんなはまだしゃべりあっている。ダイバーだけは、だまったまま、なみだ目でつっ立っている。先生が、かたをぽんとたたいてあげている。

じっと立ったまま大きな声《こえ》でしゃべっていても、いなくなったカニは見つからない。それに、そういうのは、サメにはにあわない。わたしはひとりでさがさなくちゃいけない。サメはひとりでもやるんだ。ほかの人たちがすることを待《ま》ったり、見ていたりしなくてもいい。

サメの水そうにそうっともどると、なにが起《お》きたのかをサメに話《はな》した。

「われらがサメでよかった」とサメは言《い》う。「もう時間《じかん》がないからな」

サメはゆうしゅうなハンターだ。わたしたちは、かんさつとついせきがとくいだ。

「ごらん。あそこはせまくて暗《くら》いぞ」とサメ。

わたしはかべぎわまでいって、岩《いわ》のあいだをかんさつする。それから、せまくて暗《くら》いところがほかにもあれば、ぜんぶ調《しら》べていく。ザリガニの水そうのそばで調《しら》べる。いないね。エビの水そうのそばでさがす。ウナギの水そうのそばでも。それから、海《うみ》のコーナーの、水の外《そと》にある大きな石のあいだも。

あそこ、なにかが見えるぞ。

ゆかがぬれているんだ。もっと近《ちか》くで見てみる。水だ。小さな、ぬれた足のあとだ。ちょうどカニの足くらいの大きさだった。足あとをたどっていく。石のあいだをジグザグに進《すす》んで、かべまでつづいている。

そして、とつぜん、足あとは消《き》えた。でも、カニは見当《みあ》たらない。わたしは考《かんが》えはじめる。しっかり考《かんが》えると、足あとがなくなったのはなぜなのか、わかった。あのカニは、かわきはじめているんだ。だから、もう足あとがつかないんだよ。ということは、どこにいてもおかしくない。

そのとき、サメのささやく声《こえ》が聞《き》こえてきた。

「イェニー、いまこそ、われらがだれよりもとくいなことを、やらなくちゃいけない。本気でしずかにして、耳をよくすますんだ。そうすれば、カニの動《うご》く音が聞《き》こえるかもしれない」

「サメみたいにしずかに、だね」とわたしは答《こた》える。

そこで、わたしたちは本気でしずかにした。わたしは耳をゆかにつける。かべにつける。いろんな水そうのガラスにつける。サメも耳をすませている。自分《じぶん》の水そうのゆかのほうへ。水そうのぜんぶのかべのほうへ。むこうにある夕コの水そうのほうからは、クラスの子たちの大きな声《こえ》が聞《き》こえてくる。あの子たちもしずかにしてくれたら、もっとよく聞《き》こえるのに。そのときとつぜん、かすかに、ひっかくような音が聞《き》こえた。サメがこっちを見る。サメにも聞《き》こえたんだ。

わたしはその音をたどる。すると、ほら、見えた。あそこだ、カニがいる。水そうのふちで、バランスをとっている。

ピラニアの水そうだよ。

「あのカニは、つかれているみたいだ。水が必要《ひつよう》なんだな」サメが言《い》う。

　あのダイバーのすくいあみが、かべに立てかけてあった。わたしはそのあみをかりた。そのとき、カニがつるんとすべるのが見えた。ああ、ダメダメ、ピラニアの水そうはダメだよ。

ポチャーン。カニは、ピラニアの水そうの中を、どんどんどんどんしずんでいく。ピラニアたちは、水そうの反対《はんたい》がわにいたけど、すぐにカニを見つけた。そして、こっちへ近《ちか》づいてくる。本で読《よ》んだよ。ピラニアはすごくするどい歯《は》を持《も》っている、って。口を開《あ》けたピラニアたちは、もうカニのすぐそばにいた。

　そのとき、またサメの声《こえ》が聞《き》こえた。

「イェニー、歯《は》を見せるんだ！　サメになれ！」

　わたしは、すごいいきおいで、イーッとしかめっつらをした。サメの歯《は》が見えるように。ピラニアたちは、ぴたっと止《と》まった。そして向《む》きをかえると、あわてて反対《はんたい》がわへ泳《およ》いでいってしまった。

サメは海《うみ》でいちばん強《つよ》い。わたしは、サメの歯《は》がもっと見えるように、大きくわらう。そういうことなんだ。ピラニアでさえ、サメとはケンカしようと思《おも》わないんだよ。

わたしは、カニのまわりですくいあみをぐるんぐるんと何度《なんど》か動《うご》かした。ちょうど、サメがえものにガブッとかみつく前《まえ》にまわりこむように。それから、カニをとらえた。

つかまえたよ！

「イェニー、よくやった」とサメが言《い》う。

「サメさん、よくやったね」とわたしも答《こた》える。

さあ、カニは急《いそ》いで自分《じぶん》の水そうにもどらなくちゃいけない。部屋《へや》の反対《はんたい》がわに向《む》かってさけぶかわりに、わたしはみんなのところへ走《はし》っていく。そして、ダイバーのうでをちょっと引《ひ》っぱる。

「カニはここだよ」そう言《い》って、わたしはすくいあみをダイバーにわたす。

ダイバーの悲《かな》しそうな顔《かお》が、大きくほほ

えみはじめる。

「ああ、ぼくのちっちゃなカニちゃん」とダイバーが言《い》う。

「見てよ!」エルカンがさけぶ。「イェニーがカニを見つけたよ!」

20

カニをもとの水そうにもどすために、ダイバーが急《いそ》ぐ。はじめのうち、カニはじっとしていた。でも、それからゆっくりと歩《ある》きはじめた。だいじょうぶだね。

「ねえ、イェニー」と先生が言《い》う。「きみが、たったひとりでカニを見つけただなんて。ぼくらはただつっ立って、しゃべっていたのに」

先生は、ほんとうにほこらしげな顔《かお》をしている。ダイバーはほっとして、うれしそうだ。

「先生のクラスのみなさんは、なんてゆうしゅうなんでしょう」とダイバーが言《い》う。

「ええ、イェニーはとくいなんですよ、まわりで起《お》きていることを聞《き》いたり、見たりするのが。注意深《ちゅういぶか》いんです。それに、ゆうきがある」

ゆうきがある。サメみたいに。注意深《ちゅういぶか》い。サメみたいに。わたしは、サメみたいに

聞《き》くことができるし、ついせきもできる。でも、それを大きな声《こえ》では言《い》わない。

「イェニーがしたこと、あたし、見てたんだ」ミッラがとつぜん言《い》い出《だ》す。「あのカニを、ピラニアの水そうから、すくいあげたんだよ！」

「ほんとうにそんなことをしたのかい、イェニー？」と先生がたずねてくる。

先生はうでを組《く》んでいる。ちょっとだけ目がおこっている。いまから先生が言《い》うことは、もうわかる。あぶないことだよ、と先生は言《い》う。ピラニアに近《ちか》づいてはいけなかった、って。ピラニアがわたしをこわがったなんて、先生にはわからないもんね。

「イェニー、かっこいいな」セッベが言《い》う。

「なんて、ゆうかんなんだろう。ぼくなら、ぜったいむりだよ」とエルカン。

そろそろおべんとうの時間《じかん》だ。でも、わたしはまず、サメにさよならを言《い》わなくちゃいけない。急《いそ》いでサメの水そうへいく。

「サメさん！　わたし、やったよ。わたしたち、やったよ」

「われらサメなら、できるとも」サメはそう言《い》って、歯《は》を見せてわらう。

「だね！」わたしは、ほこらしく言《い》う。

「いま、いい考《かんが》えがうかんだのだよ」とサメが話《はな》す。「このカニさがしのことを、先生に話《はな》せばいい。そうすれば、先生にもわかるだろう。クラスにサメがいると、いいこともある、と。サメはおとなしくて、なにが起《お》きているのか、聞《き》いたり、見たりすることができる。ひとりでもやろうとする。ほかのみんなと同《おな》じことをしない。本をたくさん読《よ》んでいて、だからたくさんのことを知《し》っている。そうでなければ、われらはぜったいにあのカニを見つけることはできなかった。これなら、先生という人たちにもわかるはずだ」

「わたし、やってみる」

ほんとにいい考《かんが》えだね。

「イェニー、またすぐに、もどってこなくてはいけないよ」

「もちろんだよ！　こっそり入るね。それか、ママがここにつれてきてくれるまで、しつこくたのんでみる。やくそくするよ」

「よし！　おだやかな泳《およ》ぎを、イェニー」

「おだやかな泳《およ》ぎを、サメさん」わたしはそう言《い》って、ガラスをそっとたたく。

外《そと》に出ようとしていたちょうどそのとき、後《うし》ろからだれかの声《こえ》が聞《き》こえてきた。

「待《ま》って！」

わたしは立ちどまって、ふりむく。あのダイバーだ。足びれをつけたまま、ピチャピチャとこっちへやってくる。

「もう一度《いちど》、ありがとうを言《い》っておきたくて。あのカニを見つけてくれたことに」

わたしはうなずく。

「きみは、ほんとうに水族館《すいぞくかん》がだいすきみたいだね。とくに、サメがすきなんでしょ？」

わたしはまたうなずく。

「きみの名前《なまえ》は？」とダイバーがたずねてくる。

「イェニー」わたしは小さな声《こえ》で答《こた》える。小さすぎて、聞《き》こえないかもしれない。

「イェニー、今日《きょう》はたすけてくれて、ありがとう。きみはとってもゆうきがあるから、これを持《も》っていてもらいたいんだ」ダイバーは、小さくてひらたい、プラスチックでできたものをさしだしてきた。

海《うみ》の世界《せかい》――ゴールドカード　入場料無料《にゅうじょうりょうむりょう》、と書《か》いてある。

「これで、いつでもここへ来《こ》られるよ」


帰《かえ》りのバスではミッラのとなりになってしまったけど、気にならない。それくらい、うれしかったんだ。まどの外《そと》を見る。あのサメとあのカニのことを考《かんが》える。バスがおじいちゃんの家《いえ》のそばを通《とお》りすぎる。庭《にわ》では、おじいちゃんが、おばあちゃんの草かり機《き》をあっちへこっちへと動《うご》かしている。

とつぜん、ミッラがわたしのことをじいっと見ていることに気がついた。なにかを言《い》おうとしている。気にしないや。ピラニアだって、わたしとはケンカしようとは思《おも》わないんだもん。サメの歯《は》を指《ゆび》でさわってみる。

「イェニーって、たしかにちょっとサメみたいだね」ミッラはいきなりそう言《い》った。

わたしはミッラのほうを向《む》いて、じっと見つめかえす。

「うん、そうだよ」とわたしは答《こた》えた。

「いままでは、そんなふうに思《おも》ったこと、なかったんだけど」ミッラは話《はな》しつづける。「でも、イェニーはおとなしいし、ひとりでいるのがすきだもんね、まさにサメみたいに。それに、あのピラニアだって、こわくなかったんだもんね」

ミッラが気づいていたことに、わたしはうれしくなる。とってもうれしくて、ミッラにはらをたてようとしても、うまくいかない。ほんとはミッラのことがすきじゃなかったのを、わすれてしまった。するどいサメの歯《は》を見せてあげた。

「かっこいい。すっごくとがってるね」

「そうなの。それに、もっと生えてくるよ」

またしずかになる。ミッラはまどの外《そと》を見て、それからまたわたしを見る。

「あたしは、ちょっと、イルカみたいなんだ」とミッラは言《い》う。

「そうなの?」

「うん」

「それは、思《おも》いつかなかったな」

でも、たしかにそうだ。ミッラはまさしくイルカだよ。いつでも、とんだりはねたりしているし、あっちにいたと思《おも》えばこっちにいる。それに、だれとでも、なんの話《はなし》でもする。それに、ミッラも、自分《じぶん》の席《せき》にすわって手をあげるのは苦手《にがて》だし。

「わたしのこと、ネズミってよぶのはダメだよ」とわたしは言《い》う。

「ごめんね」ミッラはそう言《い》った。

「かわりに、サメってよべばいいよ」

ミッラはうなずく。そうするって、やくそくしてくれた。

クラスの中に、タコじゃない子がほかにもいるのは、いい感《かん》じだ。わたしは思《おも》いこんでいたんだ。ミッラはタコだ、って。でも、ちがってたんだね。わたしと同《おな》じだね。

21

次《つぎ》の日の学習《がくしゅう》は、湖《みずうみ》と淡水《たんすい》についてだった。放課後《ほうかご》は三者面談《さんしゃめんだん》だ。今日《きょう》こそ、先生とママにわかってもらうようにしなくちゃいけない。ふたりに話《はな》さなくちゃいけない。サメのことを。カニさがしのことを。

「パーチはなにを食《た》べるだろう？　イェニー、わかるかい？」

ためいきが出るよ。先生はいつもどおりだ。でも、今日《きょう》のわたしは、口を少《すこ》し開《ひら》いてサメの歯《は》を見せてみた。そして、先生がべつの子にたずねるまで、じいっと見つめかえした。先生は、とまどっているみたいだった。

「いっしょにサッカーする？」休み時間《じかん》になると、ミッラがたずねてくる。

ミッラは、もう大きなイルカジャンプで外《そと》に出ようとしている。わたしは頭《あたま》を横《よこ》にふる。

「オッケー、サメちゃん！」ミッラはそう言《い》って、いってしまった。

わたしは校庭《こうてい》のベンチにすわる。カニさがしについてどんなことを話《はな》したいのか、ちゃんとわかっている。でも、やっぱり、三者面談《さんしゃめんだん》で大きな声《こえ》で話《はな》すのはいやなんだ。

そのとき、いいことを思《おも》いついた。

手紙《てがみ》を書《か》くんだ。先生に聞《き》こえるように大きな声《こえ》で話《はな》さなくちゃいけないわけじゃない。先生が読《よ》めるように、紙《かみ》に書《か》けばいいんだ。それを読《よ》めば、先生にもわかる。

ひとりでニコニコしながら、ノートのページを一まいやぶる。三者面談《さんしゃめんだん》の前《まえ》に、先生がこの紙《かみ》を持《も》っているようにしなくちゃ。そうすれば、先生はむりやりわたしをかえさせようとはしないから。できるだけきれいな字で、こんなふうに書《か》く。


先生、こんにちは！

わたしは、大きな声《こえ》でしゃべりたくありません。

わたしは、手をあげたくありません。

わたしは、休み時間《じかん》には自分《じぶん》がしたいことをしたいです。

わたしは、おとなしくて、ひとりでいたいときもあるんです。

わたしは、サメみたいなんです。

それが、きのう、いなくなったカニをわたしが見つけられた理由《りゆう》です。あのとき、先生は、わたしがよく聞《き》くことができて、よく見ることができて、すごくゆうきがある、それはいいことだ、と言《い》いました。

わたしがカニを見つけたのはいいことだと、先生は思《おも》いませんか？ サメのような子もいるということを、先生はわからなくちゃいけないです。

イェニーザメより

三者面談《さんしゃめんだん》で会《あ》おうね！

紙《かみ》のいちばん下には、大きくてすてきな、こん色《いろ》のサメの絵《え》をかく。

絵《え》をかいていると、急《きゅう》に口の中になにかとがったものを感《かん》じた。小さな新《あたら》しい歯《は》だ。サメの歯《は》がもう一本、生えはじめたんだ。

さいごのじゅぎょうが終《お》わると、みんなはリュックをせおって、急《いそ》いで教室《きょうしつ》から出ていく。先生はドアのそばでディーランと話《はな》していたから、そのすきに、わたしはこっそり先生のつくえのところへいく。つくえのまんなかにあの手紙《てがみ》をおく。それから、本だなからサメの本を持《も》ってきて、手紙《てがみ》の横《よこ》におく。こうしておけば、サメがどういう生《い》き物《もの》なのか、先生にはかならずわかるから。

一気《いっき》に体《からだ》の中がほっとする。強《つよ》くてかろやかなサメみたいな感《かん》じ。いまのわたしは、ドアに向《む》かって、席《せき》のあいだをほんとうに泳《およ》いでいる。

「イェニー、またすぐに三者面談《さんしゃめんだん》で会《あ》おうね！」わたしが通《とお》りすぎようとすると、先生が声《こえ》をかけてくる。

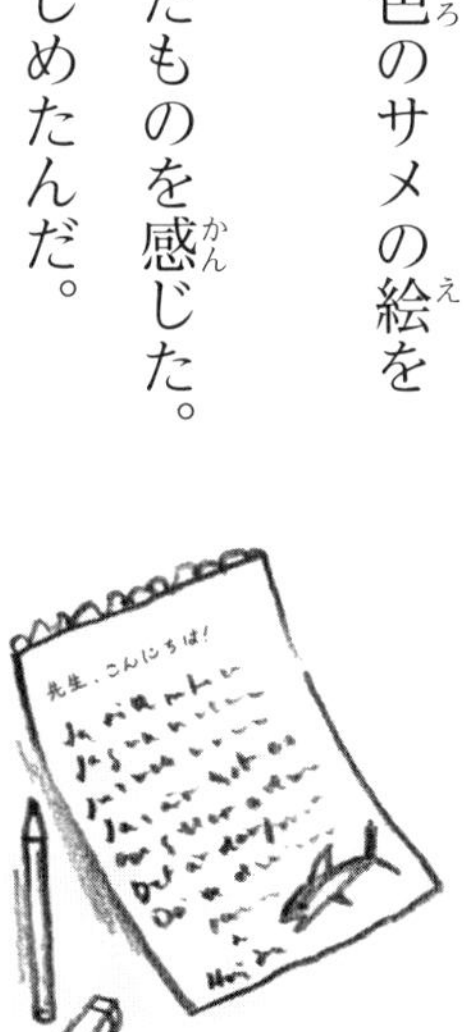

「うん、会《あ》おうね」とわたしは答《こた》える。
三者面談《さんしゃめんだん》をするのだって、そんなにきけんなことじゃないんだね。

ろうかであのサメのことを考《かんが》える。いま、なにをしているのかなあ。きっとひとりで泳《およ》いでいるよね、ちょうどわたしみたいに。わたしは本を一さつ持《も》って、ろうかにあるテーブルのそばにすわる。あと三十分《ぷん》でママがやってくる。いつか〈海《うみ》の世界《せかい》〉にいっしょにいってみないって、ママにたずねるつもり。ママは、サメのことを勉強《べんきょう》しはじめなくちゃいけないからね。いっしょにママの〈サメきょうふ〉をなおすんだ。あのサメがてつだってくれる。うまくいくはずだよ。

でも、いまのわたしは本を読《よ》むんだ。ひとりっきりでね。

訳者あとがき

この本は、スウェーデンの作家リーサ・ルンドマルク(Lisa Lundmark)が二〇一七年に発表した『*Haj-Jenny*』を訳したものです。ルンドマルクのデビュー作である本書は、スウェーデン作家協会の児童・ヤングアダルト部門(BULT)が優れた児童書のデビュー作に贈る新人賞、スラングベッラン賞(Slangbellan)を受賞しました。また、翌年にはスウェーデン図書館協会による伝統ある児童文学賞、ニルス・ホルゲション賞も受賞しています。国外ではこれまでに、韓国語、スペイン語、イタリア語に翻訳され、イタリア語版はストレーガ・ラガッツェ・エ・ラガッツィ賞(対象年齢が六歳から七歳の部門)を受賞しました。

主人公イェニーは、大きな声で話すのが好きではなく、授業中はぜったいに手をあげません。先生にはいつも、声が小さくて聞こえないと注意されますが、自分はいろんなことを大きな声で考えている、いろんなことをきちんと見ているからそれでいい、だって自分はサメみたいなんだし、と思っています。声が小さいことは、イェニーにとっては問題ではないのです。でも、自分をわかってもらえないことは大問題です。

教室、校庭、学校の帰り道、図書館、おじいちゃんや友達の家。うれしいこと、いやなこと。ちょっとつかれてしまうことや、おこりたくなること。本書で描かれる小学生のなにげない日常の瞬間は、日本の読者にとっても身近なものでしょう。

まわりの人たちについても、イェニーはたくさん語ります。友達のアミーナは、性格も好きなこともイェニーとはまったくちがいますが、それでいいとイェニーはきっぱり思っています。それに、そうであっても気持ちや楽しい時間を共有できています。クラスのみんなは、タコみたいにうるさいから苦手です。でも、実はイェニーが気づいていないこともあるのです。

ニルス・ホルゲション賞受賞時のインタビューで、この物語の着想について尋ねられたルンドマルクは、自分や友達のこども時代の経験から、と答えています。そして、おとなしいこどもがポジティブに描かれている本がもっと必要だと思っていた、こどもにとって自分のことが書かれていると思えることは大事で、そこに貢献したい、と話しています。また、別のインタビューでは、この本についてこんなふうに説明しています。

『サメのイェニー』は、自分を変えたくないと思っている、おとなしいこどもの物語です。学校や母親は心配していて、もっと前に出るようになってほしい、と思っています。イェニー自身は、自分がどんな人間なのかをまわりにわかってもらえるよう、ありのままでいられるよう、自分にできることをしています。

リーサ・ルンドマルクは一九八八年生まれ、スウェーデンの西海岸にある都市ヨーテボリに住んでいます。演劇と宗教史を学び、前述のとおり本書で作家デビューしました。二〇二一年には、二作目となる児童書『*Väderlekarna*（天気ゲーム）』を発表しています。こちらはタイトルどおり、天気がテーマの少しふしぎな物語で、「変わってる」と思われがちなこどもや大人がたくさん登場します。主人公は小学二年生ですが、イェニーとはまったくちがうタイプです。『天気ゲーム』の作者紹介には「庭師になるための勉強をしている」とありました。現在は勉強を終え、庭師として働きながら、執筆も行っているとのことです。これからどんな作品を書いていくのか、とても楽しみな作家です。

さし絵を描いているシャルロッテ・ラメル（Charlotte Ramel）は、一九五九年生まれのイラストレーターです。一九八八年に『ケーキブック』（BL出版、一九九七年）で絵本作家としてデビューしました。レンナート・ヘルシング、ウルフ・スタルク、バルブロ・リンドグレンなど、スウェーデンを代表する児童文学作家の物語にさし絵をつけていることで知られ、詩やことばあそびの絵本も評価されています。こうした仕事ぶりに対して、二〇〇七年にスウェーデン図書館協会からエルサ・ベスコフ賞を贈られました。本書でも、イェニーから見た世界を独特のタッチで表現したラメルの絵が、物語にさらなる魅力を与えています。ラメルは『天気ゲーム』でもさし絵を描いています。

物語に出てくる事柄のいくつかについて、少し説明しておきます。

イェニーはある人物たちが結婚すればいいな、と思っています。スウェーデンでは十八歳で成人となり、結婚も自らの意思でできるようになります。性別についての要件は、二〇〇九年になくなりました。

図書館で、イェニーはある人物に対して「やさしくなることについての本」を読んだほうがいいと思い、「クマのバムセのマンガ」を例にあげます。原文は「バムセのマンガ」ですが、訳文では「強くてやさしいクマの」と補足しました。この「バムセ」は、スウェーデンでとても人気のあるクマのキャラクターです。一九六六年にアニメ「バムセ　世界一強いクマ」の主人公として登場し、その後はマンガにもなり、何十年も読まれ続けています。青いぼうしとオーバーオールがトレードマークで、おばあちゃん特製のハチミツを食べると、とても強くなるバムセ。彼のモットーは「やさしくあること」です。

ちなみに「バムセ(bamse)」という言葉は、「とっても大きくてぶかっこうなもの」を意味し、クマや石、抱擁《ハグ》や赤ちゃん(!)などに使われるそうです。アストリッド・リンドグレーンの「ロッタちゃん」シリーズに出てくるブタのぬいぐるみを思い出す人もいるかもしれません。ロッタはこのぬいぐるみをクマ(ブタクマ!)だと言い張り、バムセと呼んでいるのでした。

わたしが『サメのイェニー』に出合ったのは五年前です。夢中で読んだこの本を、いまこうして日本語版として届けられることが、ほんとうにうれしいです。刊行にあたっては、岩波書店児童書編集部の松原あやかさんはじめ、たくさんの方にお世話になりました。ありがとうございました。

二〇二四年十二月

よこのなな

作　リーサ・ルンドマルク　**Lisa Lundmark**

1988年生まれ、ヨーテボリ在住、作家。2017年に本作で作家デビューし、ニルス・ホルゲション賞、スラングベッラン賞（スウェーデン作家協会児童・ヤングアダルト部門新人賞）、伊ストレーガ・ラガッツェ・エ・ラガッツィ賞（6〜7歳対象部門）を受賞。その他の作品に『*Väderlekarna*（天気ゲーム）』。

絵　シャルロッテ・ラメル　**Charlotte Ramel**

1959年生まれ、イラストレーター。1988年のデビュー以降、レンナート・ヘルシングやウルフ・スタルク、バルブロ・リンドグレンなどの作品への挿絵のほか、絵本も多数。2007年にその業績に対してエルサ・ベスコフ賞を受賞。邦訳書に『ケーキブック』（BL出版）、『ようこそわたしのへやへ』（ヘレナ・ダールベック作、木坂涼訳、フレーベル館）。

訳　よこのなな　**Nana Yokono**

1977年生まれ。図書館勤務などをへて、翻訳家に。訳書にフリーダ・ニルソン『ゴリランとわたし』『シーリと氷の海の海賊たち』、エーヴァ・リンドストロム『ぼくらにできないことはない』（以上、岩波書店）、リーヴ・ストロームクヴィスト『21世紀の恋愛　いちばん赤い薔薇が咲く』『欲望の鏡　つくられた「魅力」と「理想」』（以上、花伝社）、モンス・ムーセソン『ティム　アヴィーチー・オフィシャルバイオグラフィ』（青土社）。

サメのイェニー　　リーサ・ルンドマルク作　シャルロッテ・ラメル絵

2025年2月27日　第1刷発行

訳　者　よこのなな
発行者　坂本政謙
発行所　株式会社　岩波書店
〒101-8002　東京都千代田区一ツ橋2-5-5
電話案内　03-5210-4000
https://www.iwanami.co.jp/

印刷・法令印刷　表紙・半七印刷　製本・牧製本

ISBN 978-4-00-116056-7　　Printed in Japan

NDC 949　156p.　22cm

岩波書店の児童書

あたしって、しあわせ！

ローセ・ラーゲルクランツ作
エヴァ・エリクソン絵　菱木晃子訳

1年生になってはじめて仲よしになった友だちが、引っこすだなんて！　泣いてばかりのドゥンネが、もう一度元気をとりもどすまでを、けなげに語ります。

定価 1760 円 ● 小学低学年から

ゴリランとわたし

フリーダ・ニルソン作
よこのなな訳　ながしまひろみ絵

9歳まで施設で育ったヨンナは、ある日ゴリラに引き取られることに。町外れの古い工場で、ふたりの風変わりな生活がはじまります。

定価 1870 円 ● 小学低学年から

シーリと 氷の海の海賊たち

フリーダ・ニルソン作
アレクサンデル・ヤンソン絵　よこのなな訳

10歳のシーリは、海賊船にさらわれた妹を取り戻すため、厳しい冬の氷海へとひとり旅立つ。冒険いっぱい、骨太なファンタジー。

定価 2530 円 ● 小学高学年から

岩波書店

定価は消費税 10％込です。2025 年 2 月現在